悟空巧舌録

悟空巧舌録　目次

凡例

一、目次は、本文の省文による。

一、作中で悟空が引用する諺や決まり文句の原文は、通し番号000の下に「　」で括る。

一、原文は繁体字で引用し、その書き下し文は（　）内に常用漢字で表記する。

一、引用する漢文の口語訳や意味合いおよびその要約等は〃　〃で示す。

一、書名や固有名詞は原則として繁体字で表記し、読み仮名を施す。

はじめに……21
001 内に仙胎《せんたい》を育む……30
002 「人にして信無《しんな》くんば」……30
003 内に識《し》らざるを観る……32
004 志を立て心に潜《ひそ》む……32
005 地を掃《はら》ひ園に鋤《すき》す……33
006 耳を抓《か》き腮《あぎと》を撓《か》く……34
007 此の間《かん》に六耳無し……35
008 一竅《けう》通ずれば百竅通ず……36
009 「朝《あした》に北海に遊ぶ」……36
010 一客は二主を煩はさず……37
011 「物には各おの主有り」……38
012 天を頂き地を履《ふ》む……39
013 馬匹《ばひつ》を滋養す……40

014 雲のごと去り雲のごと来たる …… 40
015 今朝酒有れば今朝酔ふ …… 41
016 変じて一根の旗竿と做《な》す …… 42
017 来たりて老孫を咬《か》む …… 43
018 霊霄《れいせう》宝殿は他《かれ》の久しきに非ず …… 44
019 此《ここ》に到りて一たび遊ぶ …… 45
020 如来の掌の内に在り …… 45
021 菩薩の方便一二を望む …… 46
022 師父来たるなり …… 47
023 糖《たう》の人《ひと》蜜の人 …… 48
024 「圯《い》橋にて三たび履《くつ》を進む」 …… 50
025 一頂の花帽 …… 50
026 山中船何《いづ》れより来たる …… 51
027 一日の鐘を撞《つ》く …… 52
028 手に順つて羊を牽《ひ》く …… 53

029 人に方便を与《あた》ふ …… 53
030 四を湊《あつ》め六を合《あつ》む …… 54
031 年高く徳有り …… 55
032 火眼金睛《くわがんきんせい》 …… 56
033 「善き猪《ぶた》は悪《あ》しく拿《とら》ふ」 …… 56
034 山高くして路険し …… 57
035 天家四時の気 …… 58
036 是れ虎風《こふう》ならず …… 59
037 「情を留《とど》むれば手を挙げず」 …… 60
038 戦ひを恋ふ …… 60
039 重きこと泰山に似たり …… 61
040 「等閑《おざな》りに看るを作《な》せ」 …… 62
041 風を餐《く》らひ水に宿る …… 63
042 老小千番 …… 64
043 樹《き》を爬《よ》ぢて果子《くわし》を偸《ぬす》む …… 64

044 大いに縁法有り……65
045 果子《くわし》を偸《ぬす》むは是れ我なり……66
046 「日久しくして人心を見る」……67
047 「山高ければ必ず怪有り」……68
048 或は女色に変ず……69
049 「虎は毒なるも児《こ》を吃《くら》はず」……70
050 巧言花語……71
051 潜霊怪を作《な》す……72
052 「事は三たびを過ぎず」……73
053 八戒の詁言《てんげん》話語……74
054 前に楡《にれ》と柳を栽《う》う……75
055 心は取経の僧を逐《お》ふ……76
056 孝は百行の原《みなもと》なり……77
057 「尿泡は大なりと雖《いへど》も」……78
058 「隔宿の仇《あだ》無し」……80

059 虎羊の群れに入《い》る……80
060 人間《じんかん》に降落す……81
061 凡《およ》そ事は攛唆《そそのか》す……82
062 豈に救はざるの理有らんや……83
063 在家《ざいけ》の話を説く莫かれ……84
064 笑ひて呵々《かか》……85
065 親《しん》ならずば必ず隣ならん……86
066 蛟《みづち》の精は海主に解与《かいよ》す……87
067 「乍《たちま》ち蘆圩《ろう》に入る」……88
068 心を以て心に問ふ……89
069 「幾根かの釘を打ち得たり」……90
070 外は好《よ》きも裏《うち》は枒槎《がさ》たり……91
071 樹《き》大なれば風を招く……91
072 心に欺きては使喚《しくわん》せず……92
073 道人道人に見《あ》ふ……93

074 餘外に浄瓶《じんびん》を貼《つ》く …… 94
075 泰山の福縁 …… 95
076 妖精も也《ま》た轎《かご》を抬《かつ》ぐ …… 96
077 「物は主の便《べん》に随《したが》ふ」 …… 97
078 屁股《ひこ》上の両塊の紅 …… 98
079 火上に氷を弄《もてあそ》ぶ …… 99
080 水は宿り風は餐《く》らふ …… 99
081 夢は想中より来たる …… 100
082 騰々《とうとう》たる黒気 …… 101
083 「賊を拿《とら》ふるは贓《かく》したるを拿ふ」 …… 102
084 妖精に件《くだん》の宝貝《はうばい》有り …… 102
085 長を以て幼を欺く …… 103
086 八戒の按摸 …… 104
087 仮中又た仮なり …… 105
088 家の長き礼《うち》の短きなり …… 106

089 蜻蜓《せいてい》石柱を撼《うご》かす …… 107
090 「僧面を看ず仏面を看よ」 …… 108
091 観音扭《しば》り …… 109
092 六賊を祛褪《きょたい》す …… 110
093 「功到れば自然と成る」 …… 111
094 旁門の小法術なり …… 111
095 「単絲《たんし》は線たらず」 …… 112
096 流星は月を趕《お》ふ …… 113
097 花瓶の臊《くさ》き溺《ねう》 …… 114
098 「地頭の蛇を圧せず」 …… 115
099 騰那《とうだ》たるは天下に少なし …… 116
100 臓腑を拿《つか》み出《い》だす …… 117
101 気数の旺《さか》んなるを見る …… 118
102 月を帯び星を披《かぶ》る …… 119
103 「無工の食を吃《く》らはず」 …… 119

104 雪景は幽静なり…… 120
105 一家に坐《ゐすわ》るに如《し》かず…… 121
106 米を淘《と》ぎて鍋に下す…… 122
107 「道《だう》は賢良に化し釈《しやく》は愚に化す」…… 123
108 自ら張《ほこ》り自ら主《つかさど》る…… 124
109 蒸すを要《もと》むるか煮るを要むるか…… 125
110 凡《ぼん》なるを思つて界を下る…… 126
111 「瓜は熟せば自ら落つ」…… 126
112 人の情は聖旨《せいし》に似たり…… 127
113 交戦正濃《せいのう》の時を待て…… 128
114 盤纏《ばんてん》は三分を須《も》つて之を分《わ》かたん…… 129
115 心に兇狂有れば丹《たん》は熟せず…… 130
116 小妖《せうえう》に笑はる…… 131
117 皂白《さうはく》の苦を察せず…… 132
118 功を将《も》つて罪を折《さば》く…… 133

119 肉眼は愚蒙なり …… 134
120 閙《さわ》ぎて幽冥に至る …… 135
121 朝三暮二《てうさんぼに》 …… 136
122 「冷たからず熱からざれば」 …… 136
123 芭蕉扇を拝借す …… 137
124 信ずと信ぜずを半《なか》ばす …… 138
125 親しきを仮《か》りて意を托す …… 139
126 佳人を駈《たぶら》かし騙す …… 140
127 意を仮《か》りそめにし情を虚しくす …… 141
128 小々の物 …… 142
129 牌匾旌号《はいへんせいがう》無くんば …… 143
130 丰姿《ほうし》を愛する者のごとき …… 144
131 賊怪は理に達せず …… 145
132 家に全《まつた》くは犯す無し …… 146
133 「金光《こんくわう》」の二字は好からず …… 146

134 神《たましひ》を寧《やす》らかにして思慮す …… 147
135 「石中に美玉の蔵《かく》さるる有り」 …… 148
136 人家心を斉《ひと》しくせざるは …… 149
137 黄昏も睡《ねむ》るを得ず …… 150
138 只だ是れ一茶一飯なるのみ …… 151
139 身体狼犺《らうかう》にして窟穴窄小《さくせう》なり …… 152
140 着実に好き茶房有り …… 153
141 「行動には三分《さんぶ》の財気有り」 …… 154
142 「薬は合《まさ》に宜しかるべくして用ふ」 …… 155
143 「衆毛裘《かはごろも》を攢《あつ》む」 …… 156
144 去る有り来たる無し …… 157
145 黄沙人を迷はす …… 158
146 「来使を斬らず」 …… 159
147 巧《たく》むを弄して翻《かへ》つて拙きを成す …… 160
148 若《も》し信ぜずんば手を展開せよ …… 161

149 手上に蜇陽《てつやう》の毒有り …… 162
150 茅《ちがや》を焼きて薬を煉る …… 163
151 「路に貧なるは貧《ひん》人を殺す」 …… 164
152 鶏《とり》は能《よ》く蜈蚣《むかで》を降《くだ》す …… 164
153 「山高ければ自ら客行の路有り」 …… 165
154 自ら驚き自ら怪しむ（自驚自怪） …… 166
155 報《しら》せは幾分かの虚話有り …… 167
156 孫大聖の鋪頭話《ほとうわ》 …… 168
157 外に虚名有り内に実事無し …… 168
158 「放屁添風《はうひてんぷう》」（「屁《ひ》を放つて風に添ふ」） …… 170
159 「風有れば方《まさ》に浪を起こす」 …… 171
160 三叉骨上は鍋《なべ》を支《ささ》ふ …… 171
161 忒《はなは》だ短きを護《まも》る …… 172
162 太乙《たいいつ》金仙は忠正の性なり …… 173
163 好手は双拳に敵《てき》せず …… 174

164 秋風耳を過《す》ぐ …… 175
165 消《つひ》やすこと一滾《こん》にして爛《にくづ》る …… 176
166 綑《くく》られて蒸籠《せいろ》の裏《うち》に在り …… 177
167 父党なるか母党なるか（父党母党） …… 178
168 寒きを沖《つ》き冷たきを冒す …… 179
169 薬を採るを以て真と為す …… 179
170 大をば小と做《な》せ …… 180
171 一個の黒心のみ無し …… 181
172 井《ゐ》に坐して天を観る …… 182
173 「須《すべから》く死の工夫を下《くだ》すべし」 …… 183
174 雲のごと海の角《すみ》に遊ぶ …… 184
175 運去れば佳人に遇ふ …… 185
176 曽《かつ》て王法の条律を見ず …… 186
177 日に照らして算《かぞ》へ還《かへ》さん …… 187
178 温柔なれば天下去《ゆ》き得たり …… 188

179 脚《あし》を跌《ふ》み胸を搥《う》つ …… 188
180 時多きは飯《めし》熟す …… 189
181 「駟馬《しば》も追ひ難し」 …… 190
182 明るき人は暗き事を做《な》さず …… 191
183 「客は遠近と無く一般に看る」 …… 192
184 霊山《りやうぜん》は只だ汝が心頭に在るのみ …… 193
185 四時皆《みな》風有り …… 194
186 勇《ゆう》有つて謀《はか》る無し …… 194
187 半点の甘雨《かんう》すら全く無し …… 196
188 只《た》だ情を以てのみ相処《を》れば …… 196
189 一歩を得《う》れば一歩を進む …… 197
190 相面の士は我が孫子《まごこ》に当たる …… 198
191 身は錦繍《きんしう》に居《を》るも心は愛する無し …… 199
192 仮りを弄《ろう》して真を成す …… 200
193 惟《た》だ鶏のみ以て降伏すべし …… 201

194 只だ九霄《きうせう》の空裏に在るのみ …… 202
195 雛児《すうじ》強盗と把勢《はせい》強盗 …… 203
196 贓《ざう》するの是れ実なる有らば …… 203
197 「苦しき処は銭を用ふ」 …… 204
198 「山を望みて走れば馬を倒《たふ》す」 …… 205
199 正《まさ》に是れ路なり …… 206
200 底無しは却《かへ》つて穏やかなり …… 207
201 白本は乃《すなは》ち無字真経なり …… 208
202 「十日灘頭《だんとう》に坐す」 …… 209
203 蓋《けだ》し天地は全《まつた》からざらん（蓋し天地は不全《ふぜん》ならん） …… 211
あとがき …… 212
語彙索引 …… 220

悟空巧舌録

はじめに

『西遊記』の哲学的、神話学的な深層については研究書をご覧頂けるものとし、表層で追究されるテーマの一つに、仏教語に借りた「真仮の弁《べん》」というのがあるように思う。

何が本物（真）で何が偽物《にせ》（仮、虚仮《こけ》）なのか、それを見抜けない作中人物である三蔵法師は、自分を取って食おうとする妖魔に気づかない。主人公である悟空は、その三蔵に迫り来る妖魔を、事有るごとに見て取り、退治し、分かってもらおうとするのだが、殺生をきつく戒め、生類を憐れむ仏教思想を信奉する三蔵は、それを決して容認しようとはしない。おまけに三蔵は、元来自分を悟りに導くためにお釈迦様が付けてくれた最強の守護神である悟空の存在意義さえ、実はまだよく分かっていない。お経を手に入れる前の三蔵は、まだ肉眼凡胎《にくげんぼんたい》の取経僧であり、作中では、物事に対する悟りが十分とは言えない状態に在る。従って「真仮の弁」が出来ず、始終悟空の言動を誤解し、悟空との間で諍《いさか》いを起こすことになる（なお、「真仮」は仏教語としては「しんけ」と呉音で読み、その場合の「仮《け》」は方便の意）。『西遊記』という物語は、簡単に言えば（表層上は）、そのような「真仮の弁」をめぐる三蔵と悟空とのぶつかり合いの繰り返しによって展開している。

その典型的な例の一つは、『西遊記』一百回のうちの第二十七回「白骨精《はっこつせい》（白骨夫人）」の場面に見られる。

三蔵を取って食うことで永遠の命を得たい妖魔「白骨夫人」は、手始めに信心深い美しい娘に化け、腹を空かせた坊さん達にお斎《とき》を振るまうことを装い、三蔵一行に近づく。すぐさま悟空にそれと見抜かれ、その化けの皮を剥がれ血まみれの肉団子にされて失敗するのだが、それでも逃れて諦《あきら》めず、今度は善良そうなお婆さんに化けて近づこうとする。それもまた失敗する。終《しま》いに娘と婆さんを捜す爺《じい》さんに化けて再三三蔵一行をだまそうと試みるのであるが、しかしそれもすべて悟空に見抜かれ、手段を選ばない痛烈な撃退に遭って、退治されることとなる。

その際、問題は有ろうことか悟空と三蔵の間で起こる。悟空は妖魔の化けの皮を肉団子にするたびに三蔵の説得にかかるのであるが、妖魔の執拗《しつよう》さ以上に、「真仮の弁」の出来ない三蔵は、妖魔退治が娘殺し、年寄り殺しという残忍な非道の殺生行為にしか見えない。悟空の説明を頑《がん》として聞かないばかりか、挙げ句の果てに悟空を懲らしめ、大事な守護神である所の悟空を、破門し追放してしまう。

悟空は故郷の花果《かか》山水簾《すいれん》洞に帰り、その洞房の入口に掲げてある吾が信念の旗印《みはた》、

花果山前分皂白　花果山前に皂《くろ》か白かを分《みわ》け

水簾洞口辨眞邪　水簾洞口に真か邪かを弁ず

をあらためて仰ぎ見ながら、悩みに悩む。「お師匠様は、なぜいつまで経っても真仮を見分けられるようにならないのだろうか。……」。

やがて悟空は三蔵のもとに戻してもらえるのであるが、『西遊記』に於けるそのような三蔵と悟空とのぶつかり合いは、我々凡胎肉眼が「真仮の弁」のできる眼を持てるようになることの難しさを、随所で語ってくれているように思う。

とは言え三蔵、物語の展開上、悟り（ものを見る眼）はやがて開ける。ただしそれは、全百回も終わりに近い第九十八回、所謂「凌雲渡《りょううんと》」の場面まで俟《ま》たなければならない。

『西遊記』も終わりに近づき、三蔵法師一行はとうとう天竺に到着する。仏教の聖地に入り、釈迦如来のいる、お経のある霊鷲山《りょうじゅせん》雷音寺を目の当たりにするのであるが、そこでも三蔵、またもや相も変わらず、それと分からずに本物の寺を拝まない。「お師匠様は、偽《にせ》の寺院や偽の仏像（「仮境界《けきゃうがい》、假佛像」）は拝むくせに、本物の寺院や本物の仏像（「眞境界、眞佛像」）の前では下馬すらしない、一体どういうことです？」

行者いふ「師父よ、你《なんぢ》かの仮境界《けきやうがい》、仮仏像の処に在りては、かへって強《し》ひて下拝するを要《もと》むるに、今日この真境界、真仏像の処に到りては、かへってまた下馬せず、是《こ》れいかなるの説《い》ひぞや」と。（行者道「師父、你在那假境界、假佛像處、倒強要下拜、今日到了這眞境界、眞佛像處、倒還不下馬、是怎的説？」）

と、例によって悟空に諭《さと》され、やっとそれと気づく始末。ここに至っても三蔵はまだ「真」か「仮」かの弁別ができずにいる。

しかも、釈迦如来のもとに辿《たど》り着くためにはためらい無く渡れないと行けない急流の渡し場「凌雲渡《りょううんと》」にさし掛かっても、またしても肉眼凡胎の哀しさ、怖《お》じ気《け》（『般若心経』にいう「恐怖」）が起こってしまい、渡ることが出来ない。「独木橋」という「橋」がちゃんと架かっているにも拘《かか》わらず、それが「独木」すなわち一本の細く滑る〝丸木《まるき》〟にしか見えない（『心経』にいう「罣礙《けいげ》」すなわち拘りがある）。そこで荒波を受けないよう船底が抜いてある渡し船（「無底船」）が接引仏祖《しょういんぶっそ》に託され用意されるのであるが、それも単なる〝底無し〟にしか見えず、やはり怖《お》じけて折角の渡し船にも乗れず終《じま》い、「凌雲渡」を渡ることが出来ずにいる（「罣礙」が無くならないままでいる）。

これはダメだと見かねた悟空、船に乗せようと三蔵の背中をポンと押す。とたんに三蔵、よろけて水の中にドブンと落ち、溺れるかという所で拾い上げられ、船に乗せられることとなる。

三蔵の悟りは、その直後に訪れる。三蔵は渡し船の中で、悟空を恨みつつも、上流から流れて来る自らの「死屍」を目にする。その際もまた例によって一瞬怖じ気づくのであるが、そこはさすがに三度目の正直、悟空と接引仏祖の、

「師父よ怕《おそ》るる莫《な》かれ。かれはこれ原来《がんらい》是れ你《なんぢ》なり。」（師父莫怕。那個原來是你。）

「賀すべし《（めでたし）》、賀すべし。」（可賀、可賀。）

というそれぞれの一言で、目の当たりの「かれはこれ」（那個）というのが実は自らが溺れ死んだのではなく、「脱殻《だっこく》」、すなわち「真」を見ぬく眼を曇らせていた所の俗世の「殻《から》」（仏教で言う「罣礙」となる「六塵」＝仮りそめのものを本物だと見誤ってしまう眼や耳など六つの感覚器官がくっついた殻）が脱げたのだと知る。「真仮の弁」が出来ないというこれまでの自らの不明は、すべて吾が肉身凡胎という抜け殻にくっついていた視覚、聴覚、嗅覚、味覚、触覚、妄想覚が齎《もたら》したものであることを、そこで始めて三蔵は客観視することが出来るようになる。

「六塵」がぬぐい去られて始めて「真」が見えることに気づいた三蔵は、最後にその悟り

の境地を偈《うた》で次のように詠み、自らの解脱《げだつ》の自覚（「罣礙《けいげ》無し」）を表明することになる。

脱却胎胞骨肉身　脱却す胎胞骨肉の身（凡胎肉身から脱却し）

相親相愛是元神　相親しみ相愛するは是れ元神（修行を積み凡俗を離れた精神）

今朝行満方成佛　今朝行《ぎやう》満ちて方《まさ》に成仏し（修行が成って悟りが開け）

洗浄當年六六塵　洗浄す当年六つの六塵（これまでの全ての不明が消え去った）

（「成仏」とは死ぬことではなく、自らが悟ったことを意味している）。

これら表層の話は、『西遊記』が『般若心経』等の仏教の悟りをテーマとしているのではなく、魔軍降伏という仏教ワールドの仕掛け（及び荒唐無稽な神仙世界の仕掛け）を用い、その物の観方《みかた》を喩えに採って、言わば大がかりなメタファーという文学手法を導入し、世にはびこる見かけ倒しや聞こえの好さ、臭い物への蓋《ふた》や甘い汁、はたまた欺瞞や詐術、外連《けれん》、そういった伏魔の内実をどう見抜くか、現実の「真仮の弁」とは如何なる着眼をいうのかを、語ってくれているものと思われる（『西遊記』が設定する所の我々が一般にいう「仮《か》（かり）」は、仏教語の「仮《け》」（方便）とは些《いささ》か異なり、偽物《にせもの》の意に近い）。

そしてその際、それら作中の場面々々に現れる、「真仮の弁」に三蔵を導く守護神孫悟空の言動である所の「水簾洞口辨眞邪」や「在那假境界、假佛像處、倒強要下拜」等の語句こそ、いずれも絶妙な言詮《げんせん》として機能し、読者をもテーマに導いてくれているのではないか。

本書では、作中のそういった悟空の言動のうち、「真仮の弁」に関わるものを中心に、機智や警策に富むことば二百余を、悟空の「巧舌」と銘打って原文で輯録する（うち六十ほどは悟空が引用した当時既成の諺《ことわざ》）。併《あわ》せて、それら『西遊記』中から抜粋した原文に、近世中国語法ではない、無理を承知の古い漢文訓読法による読み下しを施し、難渋に傾くことをも承知しつつ、語法をも含めてそれらの言動をどの様に理解したのかを、解説として付す。（無理を通し誤解の生じている箇所等については、ご批正を請いたい。）

なお本書は、「悟空巧舌録」と銘打ってはいても、これらの言葉は全て、作者であろう呉承恩が、自分の思いを孫悟空という登場人物に託し、作中で語らせ動かしているものである。機知に富んだ、機転の利く言葉、或いは日常を再考させられるような言葉を、悟空からもらえるよう呉承恩が仕組んでくれていることは、言うまでもない（その呉承恩とは、一体どこのどのような人物であるのか、なぜ「真仮の弁」等を小説のテーマとして語ろうとしたのか等々、興味は尽きない。が、学会では作者として否定されるその人の解明、或いは作者は誰なのかの解明等は、専門の研究書を参照して頂ければと思う）。

『西遊記』を抄訳した松枝茂夫先生は、「『西遊記』の面白さは、些細な、こまごました所に在る。……些細な描写こそ見逃してならぬ大切な個所でしょう」と語っておられる（「『西遊記』を語る」）。

『西遊記』全文を原文で読むのは、さすがに時間がかかり、骨が折れる。しかし原文の「こまごました描写」に目を向けないと、『西遊記』の有り余る「面白さ」も見えては来ないとのことであるなら、せめて『西遊記』中の幾つかのキーセンテンスだけでも「こまごま」と原文に触れ、その一語一文の持つ言葉の妙味を味わってみたい。「面白さ」の一端にでも触れられれば、それでも八戒の按摩ほどの心地よさは得られるのではないか。

以下、「西遊記鑑賞辞典」や「西遊記名言集」等、本書をまとめるに当たって参照にさせて頂いた文献のうち、ごく一部ではあるが、主立ったものを列挙しておきたい。

〔参考文献〕

松枝茂夫『中国の小説』(一九四八年、白日書院)
松枝茂夫『西遊記』(抄訳、一九八五年、講談社「青い鳥文庫」)
中野美代子「孫悟空との対話」(一九九三年、NHK人間大学)
入谷仙介『西遊記の神話学―孫悟空の謎―』(一九九八年、中公新書)
『西遊記』全十冊(完訳、二〇〇一年六刷、岩波文庫)
『西遊記』(一九七四年、臺灣世界書局)
『西遊記』上/中/下(明刊金陵「世徳堂本」、一九八五年、人民文学出版社)
曾上炎『西游記辞典』(一九九四年、河南人民出版社)
胡勝『学生実用西游記辞典』(二〇〇三年、遼海出版社)
李時人ら『西游記鑒賞辞典』(詩に「馬に三分の龍性有り」と詠んだ呉承恩が作者である可能性に言及する。二〇一三年、上海辞書出版社)
王毅『西游記詞匯研究』(最終章第七節の「『西遊記』方言語彙の研究から見た作者問題」は、淮海話を使う作者、淮安のひと呉承恩に言及する。二〇一一年、上海三聯書店)

001　内育仙胎（内《うち》に仙胎《せんたい》を育む）

〝非凡の者は、生まれつきその素質が体内に具《そな》わっている。〟

太古の昔、大海の中に聳《そび》える伝説のやま花果山の頂きに、大きな石の塊があった。それが、天地日月の持つそれぞれの精気である「眞秀《まほ》」と「精華」に晒《さら》されることにより、その内部に「仙胎」が形成される。『西遊記』の本文には「蓋自開闢以來、毎受天眞地秀、日精月華、感之既久、遂有靈通之意。内育仙胎、……」（蓋《けだ》し開闢《かいびゃく》より以来、毎《つね》に天真地秀、日精月華を受け、之に感ずること既《すで》に久しければ、遂《つひ》に霊通の意有り。内に仙胎を育み、……）とある。大地が「仙胎」すなわち非凡の存在である孫悟空を孕《はら》んだことをいう。そしてそれはやがて、石の卵を産み、天地日月を父母とする神仙孫悟空の誕生となる。

「内育仙胎」は、その卵から孵《かえ》った孫悟空という存在の根源が天地日月に在ることを語っている。〝孫さまは生まれつき非凡なのだ、だからこそ天下りの欺瞞や詐術を見破り、やがては三蔵法師の守護神となり得るのさ。〟（一説に、悟空の父母は太上老君と女媧《ぢょくゎ》、または釈迦と観音とも。なお、「日精月華を服するの法」は道書に記載がある。）

002　「人而無信、不知其可」（「人にして信無《な》くんば、其の可《か》なるを知らず」）

〝人は、信用が無ければ、何をやっても他人から受け入れてもらえない。〟

悟空は猿の部族の王である猴王《こうおう》（美猴王《びこう》）となるに当たり、まずまっ先にこの語を引用している。『論語』爲政《いせい》篇の「子曰『人而無信、不知其可』」を出典とする諺であるが、悟空は一体いつどこでこの語を学んだのか。生まれて来《こ》の方《かた》、まだ師についてもいないのに、すでにこの成語を演説に使っている。生まれつき備わっていたのではないかとさえ思えるこの一言からは、当初、一国の王として儒家の「信」の哲学に基づき、信頼関係で結ばれる集団を経営しようとしていた心構えが窺える（諺や格言は当時既成の通念であり、引用は悟空による受容を意味する）。悟空は、「信」とは何か、またその獲得の仕方はどうあるべきか、それを問うている。

但《ただ》し悟空は、その哲学の総体をやがて儒家から道家へ移し、そしてそれを釈氏（仏教）の哲学で覆ってゆくことになる。勿論この「信」は悟空のモットーとする「真仮の弁」とも関連しており、「信」を大切にする心構えは生涯変えていない。（なお、「真仮」は仏教語としては「しんけ」と呉音で読み、その場合の「仮《け》」は方便の意とのこと。）

003 内観不識因無相、外合明知作有形

（内に識《し》らざるを観《み》るは無相《むそう》に因り、外に明らかに知るに合《あ》はするは有形と作《な》す）

　悟空は猿の国の美猴《びこう》王となり、この「内観……、外合……」の境地、すなわち〝領導《リーダー》（王）たる者として、自分に何が見えていて、何が見えていないのか、それを好く分かっている必要がある〟という境地に達することを目指す。そして、世の中には、存在しているのに形になっていないもの（「無相」）もあるんだということを知り、その、目には見えない物事を心で見極めようとし始める。また逆に、形に現れているもの（「有形」）はといえば、その見える通りに誰が見ても明々白々であるように自らの言動をそれに合わせて行こうとする。ものごとに於ける「有形」「無形」（と「真」「仮」との関係）の考察に入って行く。

　識《し》らない見えないとはどういうことなのか、分かっている見えているとはどういうことなのかを、悟空は懸命に理解し行動に移そうとする。その心構えがやがては非凡な存在として「真仮の弁」のできる眼力（「火眼金睛」↓032）を形成して行くことになる。

004 飄洋過海尋仙道、立志潜心建大功

（洋に飄《ただよ》ひ海を過《わた》つて仙道を尋《たず》ね、志を立て心に潜《ひそ》めて大功を建つ）

「立志潜心」は、例えば「幼有大志潜心、聖賢之學、師事朱子門人」（幼くして大志潜心《せんしん》有り、聖賢の学は、朱子の門人に師事す）といったり、また「篤志潜心」や「求志潜心」等の語も有るように、決して軽々しくはない強い思いを胸に懐き、専念することをいう。

〝大海を漂流してでも不老長生の方法を探り、志を立ててそれを成し遂《と》げるべく専念し、何としてでも修行の成果を手に入れるんだ〟と願う悟空は、当初は道家として不老不死の神仙となる方法を求め、やがては仏徒として修行の成果を得ようとするようになる（神話学では、「洋に飄《ただよ》ひ海を過《わた》る」は悟空再生のイニシエーションであると見る）。

〝事をなすには、目的のはっきりとした探究心と、専念できる強い意志とが必要なのだ。〟

005　掃地鋤園、養花修樹、尋柴燃火、挑水運漿

（地を掃《はら》ひて園に鋤《すき》し、花を養ひて樹《き》を修め、柴を尋ねて火を燃し、水を挑《かか》げて漿《しる》を運ぶ）

この一文は、『西遊記』の本文では「閑時即……」（閑《ひま》なる時は即《すなは》ち……）という言い方で始まっているので、修行の合い間（暇な時）の悟空の様子を表す。須菩提《しゅぼだい》祖師（釈迦十大弟子の一人で「諸法皆空」を唱えるが、『西遊記』中では道家を仏教で覆う形を採ることと関連し、主として道家の哲学を伝授する存在となっている）のもとで不老長生の術を獲得する

修行に入った悟空は、修行の合い間も休まず、〝掃除をしたり、畑を耕したり、花を育てたり、植木の世話をしたり、薪を取りに行ったり、水を汲みに行ったりする。〟すなわち、ごく通常の有意義な時間を過ごす。唐代の『龐《ほう》居士語録』に「運水搬柴」（水を運び柴を搬《はこ》ぶ）というふだんの生活をいう言い方が出てくるが、悟空にもそんな一面が有るのかと微笑《ほほえ》ましい、仏教では修行の一環であること言うまでもないが。

では、「閑時」ではない時はどうかというと、悟空は毎日の日課として、言葉および礼儀作法を身につけ、書物を読んでは道について考え、香を炊いては心静かに字を習っている。「學言語禮貌、講經論道、習字焚香。毎日如此」（言語礼貌を学び、経を講じ道を論じ、字を習ひ香を焚く。毎日此《か》くのごとし）と、『西遊記』の本文にはある。

006 抓耳撓腮、眉花眼笑（耳を抓《か》き腮《あぎと》を撓《か》き、眉《まゆ》は花さき眼は笑ふ）

祖師のもとで仙術の修行をするに当たって、師の講義を聴講する際、悟空は〝答を知りたくて、焦《じ》れては耳や顎《あご》に手をやり、はたと分かると、眉や目元は綻《ほころ》んで笑みがこぼれる〟とあるように、わくわくと喜びを感じている。

「撓頭」（頭を撓《か》く）といえば、困惑する意であるが、「抓耳撓腮」というと、頬《ほお》に手をやっては顎《あご》をつまみ撫《な》でる仕草、すなわちわくわくと焦《じ》れったがる姿をいう。そうしてやがて理解に達すると、「眉花眼笑」という喜びの表情となる。悟空が師の講義に興味を持ち、意欲的に学習する姿を表している。「抓耳撓腮」は「撾耳揉腮」（耳を撾《か》き腮を揉む）とも言い、「眉花眼笑」は「眉開眼笑」（眉は開き眼は笑ふ）とも言う（「撾」は「抓」に同じ）。学習効果を上げるには、焦れったさみたいなものも必要か。

007 此間更無六耳、止只弟子一人（此の間《かん》に更に六耳無し、止《た》だ只だ弟子一人なるのみ）

「此間更無六耳」だけでも分かるが、この対句は、師弟間で秘伝を伝授をする際の口上。「六耳」は、六つの耳、すなわち人《ひと》三人をいう。「話久寧容六耳聞」（話久しければ寧《むし》ろ六耳の聞くを容《い》る）と言ったりもする。仏教書『景徳傳燈録《けいとくでんとうろく》』中の馬祖と法會《ほうえ》禅師の問答で「六耳不同謀」（六耳は謀《はか》るを同じくせず）と戒めるように、人が三人いると謀議密談は外に漏れ、秘密は保てない。〝内緒話は二人だけでするもの、今は他に誰も居りません、どうぞ秘伝を伝授して下さい、私ひとりです〟ということでなくてはならない、と悟空も祖師に言っている。禅では、言葉では禅旨は伝わらない意もある。

008 一竅通時、百竅通（一竅《けう》通ずる時、百竅通ず）

「一竅通、諸竅皆通」（一竅通ずれば、諸竅皆通ず）とも言う。祖師から教え（秘伝）を授かる際の、悟空の頭の冴えをいう語（「竅」は、人体内の気の通る孔《あな》）。

この語は、『呂氏春秋《りょししゅんじゅう》』にある、殷の紂王を諫めて殺されたそのおじの比干《ひかん》に関して、孔子が「其竅通、則比干不死矣」（其の通ぜば、則ち比干も死なざり）と言ったという話や、『列子』にある、文摯という人が龍叔という人に「子心六孔流通、一孔不達。今以聖智爲疾者、或由此乎」（子《し》が心は六孔流通するも、一孔達せず。今聖智を以て疾《や》むと為すは、或は此《これ》に由《よ》るか）と言ったという話に基づく。後の宋人の道書『周易參同契《しゅうえきさんどうけい》』の注釈には「一竅開而百竅齊開、大關通而百關盡通也」（一竅開《ひら》けて百竅斉《ひと》しく開け、大関通じて百関尽《ことごと》く通ず）とある。体内の孔《あな》一箇処の通気が好くなると、体中の孔という孔、あらゆる通気孔の気の通りも全て好くなる。体内を気が軽快に駆けめぐるようになると、頭も自ずと冴えて来る。所謂〝一を知れば、十を理解する〟という状態に身体《からだ》がなる、と悟空は見る。逆に、一竅でも不通の箇処があれば冴えは鈍る（「孔」は、隙間。「竅」は、体内を流れる気の通る孔）。

009 「神仙朝遊北海、暮蒼梧」（「神仙は朝《あした》に北海に遊び、暮れには蒼梧《さうご》なり」）

昔からよく口にされるというこの語は、〝仕事が素早くできる〟ことを意味する。「神仙」である悟空は、北の北海から南の南越にある蒼梧《そうご》の野まで、〝極めて短時間で移動し、仕事を済ませる。〟〝好くできる者は、朝がた北の僻遠の地で仕事をしたかと思うと、暮れにはもう南のはての蒼梧の野での仕事も済ませている〟意。

因みに「朝遊湖北暮淮西」（朝《あした》に湖北に遊び暮れには淮《わい》西なり）と詠むのは、遊びに没頭しようとする詩人、宋の蘇軾《そしょく》（東坡《とうば》居士）。これは詩人自らの一日の意欲的な、活発な動きを詠んでいると思えるが、洞庭湖の北と淮水の西は、超人である悟空の距離感にてらせば、ほぼ同じ地域（100～200キロ圏内）に過ぎない。意欲的な「神仙」である悟空の行動範囲は、途轍《とてつ》もなく広い。

010

一客不煩二主（一客は二主を煩はさず）↓105

〝必要な物を入手するには、二軒三軒とあちらこちらの店に迷惑を掛けず、たとい即刻入手とは行かなくっても、最初にここぞと決めた店で何とかねばり、入手しようとする〟意（「主」は、商店主）。しっかりとした物を手に入れようとするには、これと見定めた店主との出会いを大切にし、その人一人に尽力してもらう方が手堅い、と悟空は考える。慌ててあちこちの店に依頼し、揚《あ》げ句《く》の果てに入手できなかったりすることを、悟空は嫌う。（〝一人で何とかするようにし、他人には迷惑をかけない〟意を含む。）

「走三家不如坐一家」（三家を走《ゆ》くは一家に坐《いすわ》るに如かず）といったり、また明人の著『武林梵志《ぶりんぼんし》』という本に「一鶴不棲雙木、一客不煩兩家」（一鶴は双木に棲《す》まはず、一客は両家を煩はさず）とあるのも同じ（『水滸伝』二十四にも「常言《ことわざ》」として見えているが、もと宋の涪翁《ふう》「山谷集題跋」の「所謂一客不煩兩主人也」より出る禅語）。「一客不犯二主」（一客は二主を犯さず）とも言い、〝ここが好いのです、あなたが好いのです〟の意。

011「物各有主」（「物には各おの主有り」）

〝物はどれもそれを所持するにふさわしい持ち主がいる。〟

宋の詩人蘇軾《そしょく》（東坡《とうば》居士）「前赤壁賦《せきへきのふ》」の「天地之間、物各有主」（天地の間、物には各おの主有り）に基づく語。

悟空の持つ如意棒は、「天河鎮定神珍」という立派な名がある。それを手に入れる際、悟空が近づくと、如意棒の方でも光を放ち、お待ちしておりました（持ち主様）と合図する。出会うべくして出会っている。また、そういう出会いであってこそ道具の方でも本来の力を最大限に発揮できる。好くできた道具は、それを使うに相応《ふさわ》しい職人が必ず居る。

因みに蘇軾は、「物各有主」と言った後、「苟非吾之所有、雖一毫而莫取。惟江上之清風與山間之明月耳、得之」（苟《いやしく》も吾の所有に非ざれば、一毫《いちがう》と雖も取る莫し。惟《た》だ江上の清風と山間の明月とのみ、之を得ん）と続け、清風と明月だけは、持ち主がいない、上手に詠めば（互いの能力が見合えば）、誰でも自由に自分のものにできる、と言っている。

012 頂天履地、服露餐霞（天を頂き地を履《ふ》み、露《つゆ》を服し霞を餐《くら》ふ）

「餐霧飲露、漱石枕流」（霧を餐《くら》ひ露を飲み、石に漱《くちす》ぎ流れに枕《まくら》す）といえば神仙に近い生活をいうが、悟空のこの「頂天履地、服露餐霞」という語も、仙道を修め、降龍伏虎の力を得、ますます神仙らしい存在になり得たことをいっている。〝神仙も修行が成れば超俗、露と霞だけを喰らって生きて行けるようになる。〟

因みに「餐霧飲露」の下句「漱石枕流」のほうはご存知（文豪夏目金之助のペンネームの由来としてよく知られる）、昔の志人小説『世説新語《せせつしんご》』に登場する孫楚という人の言い間違い、「漱流枕石」の故事から出る語。流れを枕にして耳を洗い、石で口を漱いで歯を磨く。仙人とまでは行かないまでも、世俗の垢を洗い落とそうとする隠者の生活をいう。

013　**晝夜不睡、滋養馬匹**（昼夜睡《ねむ》らず、馬匹《ばひつ》を滋養す）

悟空は天上天下の支配神である天帝と会い、天上界に於いて「弼馬温《ひつばおん》」という、天馬を飼育する役職を与えられる。その際の、誠意を持ち、与えられた職を疑問を持たずにやりこなす悟空の働きぶりがこれ、「弼馬晝夜不睡、滋養馬匹。」〃（弼馬温を授かったからには）昼夜眠らず、馬の飼育に励《はげ》む〃意。

しかしこの職、もともと悟空を宥《なだ》めおとなしくさせるために設けられた曰《いわ》く付きのもの（「仮」のもの）であったため、やがて悟空は天上界の詐術《さじゅつ》に気づく。

「弼馬温」は、明代の文献でよく見かける「未入流品」（未だ流品に入らず）、すなわち雑職を受け持つだけの傭人《ようにん》扱いの（一流でない、リスペクトの無い）役職であったため、悟空は誠意を持って職に当たっていた分、やがて「藐視老孫」（老孫を藐《かろ》んじ視《み》たり）と言って怒り出すことになる。〃与えられた仕事を一所懸命やってきたのだ〃と。

014　**今日東遊、明日西蕩、雲去雲來、行蹤不定**

（今日は東のかた遊び、明日は西のかた蕩《たゆた》ひ、雲のごと去り雲のごと来たり、行蹤《こうしょう》定まらず）

〃今日は東、明日は西、雲のように行ったり来たり、行方《ゆくえ》定めぬ気楽な気分。〃

天帝から与えられた「弼馬温《ひつばおん》」（馬飼い）という曰《いわ》く付きの職を辞し、悟空は毎日を自在に過ごすようになる（自らを省みる時間をとっている）。

「遊、蕩」は、「心遊目蕩」（心は遊び目は蕩《たゆた》ふ）や「蕩子遊不歸」（蕩子《たうし》遊びて帰らず）等というように、束縛の無いさま。「雲去雲來」は、「花開花落相関意、雲去雲來自在心」（花開き花落つるは相関《かか》はるの意、雲去り雲来たるは自在の心なり）や「南北山川不可窮、雲去雲來自無跡」（南北の山川は窮《きは》むべからず、雲去雲来自ら跡《あと》無し）等というように、元来、中国の詩人たちがよく詩に詠む気ままな浮雲の光景（自らを喩える等）。勿論ここの「雲去雲來」は、悟空自身が筋斗雲に乗ってあっちこっち自在に行くさまをいう。

015　今朝有酒今朝醉、莫管門前是與非

（今朝酒有れば今朝酔ひ、門前の是と非とに管《かか》はる莫《な》し）

悟空のこの詩句は、唐の羅隠《らいん》という詩人の詩に「今朝有酒今朝醉、明日愁來明日愁」（今朝酒有らば今朝酔ひ、明日愁《うれ》ひ来たらば明日愁ふ）とあるのを踏まえるが、天界の弼馬温《ひつばおん》の職を去った後の悟空のその日暮らしは、酒が忘憂物であるとは言え、詩人羅隠のようにはもはや「愁ひ」を口にしない。悟空自身、詩に「詩酒且圖今日樂、功名休問幾時成」（詩酒も

て且《しばら》く今日の楽しみを図り、功名は幾時に成るかを問ふを休《や》めん）とも詠んでいるように、「功名」を求める拘《こだわ》りを捨て、その日の「楽しみ」を追究しようとする。したがって〝今酒が有れば今すぐに酔うに限る、目先のごたごたは相手にはすまい〟の意となる。しばしお休みの悟空が居る（インターバルを置くことの意味を詠んでいる）。

016 只有尾巴不好收拾、豎在後面、變做一根旗竿

（只《た》だ尾巴《おっぽ》のみ好くは収拾せず、豎《た》てて後面に在り、変じて一根の旗竿と做《な》す有り）
約《つづ》めて「變做一根旗竿」（変じて一根の旗竿《はたざを》と做《な》す）と言っても分かる。

天帝の甥っ子の二郎真君（二郎神、のち二郎菩薩）との闘いで形勢不利となり、逃げて「土地廟」に化けたつもりの悟空、化ける際に遣《や》り場に困った我が尻尾を廟の裏手の旗竿《はたざお》とし、何とか誤魔化《ごまか》そうとする。しかし、廟の裏に旗竿の立った「土地廟」なんてあり得ない。尾っぽの隠しどころに困った窮余の策ではあったが、「藏頭露尾」（頭を蔵《かく》して尾を露《あら》はす）すなわち〝頭隠して尻隠さず〟の中途半端な化けの皮を二郎真君に剥がされ、悟空は失態を遣《や》らかすことになる。〝浅慮の見かけ倒しは結局は見破られる。〟

『西遊記』のテーマの一つは「真仮の弁」に在ると思われる（それが「真」なのか「仮」

なのかの判断を要請する。仏教では真の教えか方便の教えかの弁別を「真仮《しんけ》の分判」というとのこと）。「眞」を明らかにする使命を負う悟空は、元来、嘘をつき通せない。何とか蔵《かく》そうとしても、後々、「屁股上兩塊紅」（屁股《ひこ》上の両塊の紅《あか》）、すなわち〝二つの赤いお山、お猿のお尻は真っ赤っか〟、見えみえだよ、みたいなことを言われてしまう（→078）。

017 不去妨家長、卻來咬老孫（去《ゆ》きて家長を妨《さまた》げず、卻《かへ》つて来たりて老孫を咬《か》む）

悟空が二郎真君（二郎神）の飼い犬に追われ、足を咬まれて観念した時に叫んだ、負け惜しみの言葉。〝飼い犬が咬むのは飼い主の手と相場は決まっているのに、なぜ飼い主ではないお猿の俺様を咬むのだ。〟二郎真君の「飼い犬」は〝相場通りには行かぬ〟、犬猿の仲はさて措き、予想外に主人に忠実で、なめてかかった悟空、「來咬老孫」ということになってしまう（「去」は、主人の方へ向かって行く意）。〝相場は、必ずしも「真」ではない〟、〝高をくくり舐めてかかると、痛い目に遭う。〟

「妨家長」は、家の尊者を害する、すなわち主人を傷つける意（例えば、家の建て増しをする際、敷地の西は尊者が居る場所であって「上」とされるので、俗説では「西者爲上、上益宅者、妨家長也」（西をば上と為し、上に宅を益《ま》す者は、家長を妨ぐるなり）等と言う。

また、「修造妨家主」（修造は家主を妨ぐ）等とも言う）。

018 靈霄寶殿非他久、歴代人王有分傳
（霊霄《れいせう》宝殿は他《かれ》の久しきに非ず、歴代の人王に伝ふるを分《わ》かつ有り）

〝天上界は一人の帝王の専有物ではない、そのつど交替があってしかるべし。〟当時の諺（「常言」）であり、「玉帝輪流做、明年到我家」（玉帝は輪流して做《な》れば、明くる年は我家《われ》に到らん）とも悟空は言う（「玉帝」を「皇帝」に作る本《テキスト》もある）。トップの任命は時々ローテーションがあるのが宜しく、次は「我家」すなわち私の番であっても悪くない、と悟空は自由な発想を展開する。彼が天上界を鬧《さわ》がせたのも、もとを質《ただ》せば、体質を変えない天上界に疑問を持ったからでもある（「靈霄寶殿」は、天帝の居所。「他」は、彼、ここはすなわち玉帝、天帝）。

晋の時代（三世紀）の干寶《かんぽう》という人は「論晉武帝革命」（晋の武帝の革命を論ず）という文で、「帝王之興必俟天命、苟有代謝非人事也」（帝王の興こるは必ず天命を俟《ま》つ、苟《いや》しくも代謝有らば人事に非ず）と言っている。トップは天の自然な代謝によって適宜入れ替《か》わるものであり、人意に因るのではない、との考え方も、古くから有る。

019 齊天大聖到此一遊（斉天大聖此《ここ》に到りて一たび遊ぶ）

〝天と斉《ひと》しい存在であるこの孫《そん》さま、ここまでやって来て、ちょいと一服〟みたいなこの言葉、その意味する所は、ひとまず〝この「齊天大聖到此一遊」という書き置きが、ここまでやって来たことを証明してくれる〟の意。

お釈迦様との勝負で、釈迦の掌《てのひら》から飛び出して自分の方が先に世界の涯《はて》までやって来られたと得意になる悟空、その証拠にと到着地点にこの言葉を書き残して戻る。しかし、『西遊記』が表現を仮託する仏教ワールドではマクロとミクロの差は無い。結局はお釈迦様の掌の中を風車のようにぐるぐるとまわっていただけ、お釈迦様の五本の指を世界の涯にある五つの山と勘違いし、そこに落書きしたに過ぎなかった、という結果で終わる。〝ここまでやって来た〟はずの証拠が、逆に〝ここまでしか来られなかった〟証拠となってしまう。この時の悟空、ただ有頂天になっているだけの、まだ「井の中の蛙」的な存在である（もちろん「齊天大聖」は後々も悟空の称号）。

020 站在如來掌内（站《た》ちて如来の掌《てのひら》の内に在り）

〝釈迦如来の手の中からは出られない〟、〝結局は全てお釈迦様の掌《てのひら》の内に在り。〟

釈迦如来との競争で、世界の涯までやって来た（と思い込む）悟空、その証拠として到着地点に「齊天大聖到此一遊」（斉天大聖《せいてんたいせい》此《ここ》に到りて一たび遊ぶ）と書き残すと同時に、もう一つ「一泡猴尿」（一泡の猴尿《こうねう》）、すなわち泡立ったお猿のおしっこまで残しておく。しかし、結果はこの「站在如來掌内」という事実で終わる。悟空の勝負は、文字通りの小水《みず》の泡と帰してしまう。勝った証拠としようとしたものは、逆に自分の思い込みでしかなかった事を示す証拠となり、ここまで来たという真実の証しのつもりで残したものは、役立たずの仮りのものでしかなかったと分かる。見方、見え方の違いを内包する「真仮の弁」の難しさを、やがては証拠主義を採ることになる悟空は、ここで身をもって思い知らされることとなる。〃いつもお釈迦様の掌の中に立っている浅知恵の自分〃を自覚する。

021 萬望菩薩方便一二、救我老孫一救

（万《ばん》望む菩薩の方便一二の、我が老孫を救ふこと一救なるを）

「望菩薩方便」（菩薩の方便を望む）と一言で言っても同じ。

お釈迦様の戒めによって岩屋に閉じ込められた悟空、五百年が経った所でいよいよ救いが欲しくなり、観音菩薩が通りかかった際に一言、この語を発する。〃観音様の方便一つか二

つで、救われる人がここに居りますよ〟、〝正当な何かに託《かこつ》けて、どうかお助けを。〟

「萬望……」は「再拜稽首、萬望點頭」（再拝稽首、万望む点頭せんことを）という時のそれと同じで、万が一にも仮りにも望めるならば……して欲しい、の意（「點頭」は、許可し、首肯する意）。「方便」は、「望所謂事事方便、物物利益者」（謂《い》は所《ゆ》る事々方便、物々利益なる者を望む）や「望同發慈悲、各施方便」（同《とも》に慈悲を発し、各おの方便を施さんことを望む）等というように、ご慈悲、ご利益等とあわせて、仏教者に筋の通った救いの託《かこつ》けを請う時に使う語。「救……一救」は、ちょいとお助けをといった程度の決まり文句で、「乞大王救我一救」（乞《こ》ふ大王我を救ふこと一救ならんことを）や「望先生救我一救」（望む先生我を救ふこと一救ならんことを）等、『西遊記』の中に頻出する。

022 師父來也（師父来たるなり）

天上界を鬧《さわ》がせて五百年間岩屋に封じ込められていた悟空、自らをそこから出してくれるという、待ちに待った三蔵法師がようやくやって来るのを察知する。その時の言葉が、この極めて簡単な一言、「師父來也」。〝待つべき人が、間違いなくやって来た〟の意。

ホッとする気持ちを表す語であり、人生に関わる待つべき人の来臨を万感込《こ》めて言う。

それまでの悟空は、「晝夜提心、晨昏弔膽」（昼夜心を提《ひつさ》げ、晨昏胆《きも》を弔《つる》す）とあるように、朝な夜な、今か今かと待っている。その「晝夜」云々は、親が子を心配する時の「憂饑念寒、怕災愁病、日思夜慮、弔膽提心」（飢ゑを憂《うれ》ひ寒きを念ひ、災ひを怕《おそ》れ病を愁ひ、日に思ひ夜に慮《おもんぱか》り、胆を弔し心を提《ひつさ》ぐ）という言い方と類似であるとすれば、悟空の場合も、わくわくと待ち遠しいのではなく、話が潰《つぶ》れはしないかと気がかりこの上ない気持ちでいる。その分、岩屋から出してもらうと、悟空はすぐさま「師父、我出來也」（師父、我出《い》で来たるなり）と喜びの一言を発することとなる。

「師父」という語は、南宋の文人劉克荘《りゅうこくそう》（後村先生）が「學佛者以師爲父、以父爲俗」（仏を学ぶ者は師を以て父と為し、父を以て俗と為す）と言って取り上げ（実父は世俗の人）、後に元《げん》初の戯曲家關漢卿《かんかんけい》が「玉鏡台劇」の中で「一日爲師、終身爲父」（一日師たれば、終身父と為す）と使ったあたりで、一般に定着するのではないか。この言葉のもと、悟空も三蔵を師と仰ぎ、父と仰ぎ、最後まで変わらぬ忠孝の心を貫き通すことになる。

023　糖人蜜人（糖《たう》の人《ひと》蜜の人）

〝みんな私のことを糖（唐）の国の人とか蜜の国の人とか言う（それはいずれも私の出自

を間違っている)。〃否定的に用い、逆に自分（悟空）がれっきとした素性の持ち主であることを主張するする際の悟空の口上となっている（悟空の出身地は傲来《ごうらい》国）。

悟空は斉天大聖であり、師弟一行とは言え、唐人の三蔵とは素性が異なる。「真仮の弁」を曖昧にしたくない悟空の拘《こだわ》りは、このような口上にも現れる。〃私の素性を、間違えて言ってくれるな。〃（蜜蜂の王国を「蜜國」というが、ここは甘味の語呂合わせで対にされたものであろう。或いは波羅蜜の国か。「蜜」＝「密」ととり、密厳《みつごん》の国か。未詳。）

唐人の『雲仙雑記《うんせんざっき》』という本に、「糖蜜莫逆交」（糖と蜜の莫逆《ばくげき》の交はり）と題する短文が載っていて、「陳昉得蜀糖、輒以蜜澆之曰『糖與蜜本莫逆交』」（陳昉《ちんはう》は蜀の糖を得、輒《すなは》ち蜜を以て之に澆《そそ》ぎて曰く「糖と蜜とは本より交はりに逆《さか》らふ莫し」と）と見える（『傳芳略記《でんほうりゃくき》』引）。「糖」は甘蔗《とうきび》から採り、「蜜」は蜂から採る。ともに甘く、混ぜれば相性は好い。が、悟空にはそのような、蔗糖なのか蜂蜜なのか、はたまた産地までも混ぜこぜで、自分の出自が分からなくなってしまうような、しかもいずれでもないような甘い判断をしてもらいたくないとの思いがある。〃カラ（cara）でもメル（mel）でもないのです。〃

024　「圯橋三進履」（「圯《い》橋にて三たび履《くつ》を進む」）

「圯橋進履」（圯橋にて履を進む）ともいう、昔からの故事成語。漢の高祖劉邦の三傑のひとり張良ははじめ、圯橋という橋の上から隠士黄石公がわざと落とす靴（履）を三たび拾わされ、それでも文句一つ言わなかったので、公から兵法（『黄石公三略』、『黄石公素書』という書）を授かる。悟空は龍王の処に悩み相談に行った際、龍王からこの故事を聞かされ、〝辛抱する〟ことを学ぶ。「圯橋」は、もともと土で出来た橋の意で、後に地名となっている。

025　一頂花帽、哄我、戴在頭上、受苦

（一頂の花帽、我を哄《たぶら》かし、戴《の》せて頭上に在り、苦を受けしむ）

〝綺麗な帽子だとだまされ、うっかりそれを被《かぶ》ると、長く頭を締めつけられ、苦痛を味わうはめになる。〟この語は、折りに触れて自らを振り返る必要性をいう（「哄」は、にこにこしながら人をだましたぶらかすこと）。約《つづ》めて「一頂花帽」とだけ言っても分かる。

この「花帽」（「嵌金《かんきん》花帽」）、もともと観音様の亡くなったご子息が被っていたものであり、頭に載せるとその金環が「見肉生根」（肉を見れば根を生やす）という状態になり、戒律に背く者の頭に嵌《は》めると、呪文を唱えるたびに、ひどく頭を締めつけ、「眼脹頭痛、脳門皆裂」

（眼は脹《は》れ頭は痛み、脳門皆裂《さ》く）という耐え難い苦痛に陥る。三蔵は観音菩薩からその締めつける呪文である「緊箍兒呪《きんこじじゅ》（緊箍呪）」（正式には「定心眞言」）を教わり、悟空をたぶらかして被らせ、その呪文を唱えて、仏教でいう「受苦」の状態にする。

悟空にとっては、言わば最大の弱みになってしまい、「箍子長在老孫頭上」（箍子《こし》長く老孫の頭上に在り）と言って歎くが、これを外すには「鬆箍兒呪《しょうこじじゅ》（鬆箍呪）」、もしくは自らの真の悟りが必要となる（「箍子《こし》」は、たが。「緊箍兒」ともいう）。

026 曠野山中、船從何來（曠野《くわうや》山中、船何《いづ》くより来たる）

世間知らずの三蔵法師を揶揄《やゆ》した言葉。野原や山中を旅行くに際して、裸馬には乗りたくない、ここに船は無いのか、とだだをこねる三蔵に、悟空は「師父好不知時務」（師父は好《よ》しや時務を知らず）と言った後、この言葉を続ける。〝だだっ広い野原や山の中で、船なんか乗ることは出来ないのですよ（状況分析をなさろうとは思わないのですか）〟。

道書の『抱朴子《ほうぼくし》』に、「乘船以登山、策馬以渉川」（船に乗りて以て山を登り、馬に策《むち》うちて以て川を渉る）という言葉があるが、三蔵にはそのように融通の利かない（物事を分析的に見ようとしない）面があり、悟空はたびたび困らされる。〝困ったお人だ〟の意。

027 倣一日和尚、撞一日鐘（一日の和尚と倣《な》っては、一日の鐘を撞《つ》く）

「一日和尚、撞一日鐘」（一日和尚、一日の鐘を撞く）と約《つづ》めて言うと語呂《ごろ》が好い。

〃一日坊主は一日分の鐘をまとめて撞けば好い〃、すなわち〃間に合わせの場所では、にわか和尚さながら、その場を適当に繕っておけば、形式上大して問題にはならない〃の意。悟空は胡散《うさん》臭いお寺や坊さんと出会った際、その場しのぎの遊び半分で（揶揄《やゆ》を込め）その寺の鐘をガンガンまとめ撞《づ》きしている。（毛沢東は一日和尚の鐘を「得過且過《そのばしのぎ》」と批判する。）

「倣《さく》」は「作」の俗字で、「作一日和尚、撞一日鐘、不知其他矣」（一日の和尚と作《な》りて、一日の鐘を撞き、其の他を知らず）等と使う。〃なんちゃって和尚さんのその場しのぎ。〃

宋代のお坊さんの居簡《こけん》という人は、壊れたお寺を修復する際、「千年箕裘得人則成住、一日鐘鼓失度則壊空」（千年の箕裘《ききう》も人を得れば則《すなは》ち住《とど》まるを成し、一日の鐘鼓も度を失へば則ち壊空《ゑくう》なり）と言っている（「箕裘」は、代々の職人技の継承。「壊空」は仏教語で、消滅をいう）。禅寺では僧侶の務めを鐘などの鳴り物で決めるという。寺が傾いてその鳴り物が一日でも「度を失ふ《う》」ようなことになれば、悟りや修行が途絶え、寺自体が立ち行かない。鐘はもともと毎日のお務めの中で、僧が規則正しく撞《つ》いてこそ意味ある物なのであろう。

028 順手牽羊、将計就計（手に順って羊を牽《ひ》き、計を将《も》って計に就《つ》く）

明代の兵法書にも「如順手牽羊、驅之亦易」（手に順って羊を牽《ひ》き、之を駆《か》れば亦た易《やす》し）と見えるように、「順手牽羊」は、力を入れて無理やり引きずり回さずにたやすく羊を連れ回すことができる意。〝あたかも力ずくで引っ張らずに羊を連れ回せるようなもので、こちらの計略をあちらの計略に合わせさえすれば、事は容易に成る〟と悟空は言う。

「牽羊」は、経書である『易經《えききょう》』の夬《かい》の卦に、「牽羊悔亡」（羊を牽《ひ》かば亡《に》ぐるを悔《く》ゆ）とあるように、本来、羊はその後についていくのが好く、前に出て強く引っ張り回そうとすると嫌がられ、思い通りに動いてくれない。難なくやろうとするには、羊に合せるようにし、強引に引き回さないこと、という方策が求められる。計略も同様。（現代語の「牽就」（「遷就」）の「牽」と近義。なお、『易』夬卦の「牽羊悔亡」は、別の解釈もある。）

029 與人方便、自己方便（人に方便を与《あた》ふるは、自己の方便なり）

頼み事をしたい相手に向かって悟空は、〝情けは人のためならず、自分のためになるんですよ（ですから先ず私に情けを掛けて下さい）〟と言う。それは、人から情報を得ようとし、人から便宜を供与してもらうための誘い文句でもある。〝人にものを教えてやってこそ、自分のためにもなるんです〃（→021）。「與人方便、與己方便」（人に方便を与《あた》ふるは、己れに方便を与ふるなり）とも言う。

唐の時代の呂巖《りょがん》（八仙のひとり呂洞賓）も、うたに「一毫之善、與人方便、一毫之悪、勸君莫作。……欺人是禍、饒人是福。……」（一毫《いちがう》の善は、人に方便を与へ、一毫の悪は、君に作《な》す莫かれと勧む。……人を欺《あざむ》くは是れ禍ひ、人を饒《ゆた》かにするは是れ福なり。……）と詠み、人に善を施すと相手にも自分にも福が舞い降りると説いている。（「方便」は、方策、便宜の意。）

030 湊四合六（四を湊《あつ》め六を合《あつ》む）（湊四合六《そうしがふろく》）

悟空は、町で出会った商売相手に対し、交渉が上手く行くように先ず、あなたには「造化」（運気、商運）があると言ったあと、「我有營生」（我には生を営む有り）と続け、これこそ「湊四合六《そうしがふろく》」の取り引きだと言う。つまり、「四」と「六」は四方と六合（四方と天地とをあわせた天下六方）を意味し、今や四方の商機と八方の生活上の欲求とが「湊合」するような好き商売相手同士がここに居合わせ、互いに好都合なことこの上なく、喜ばしいことにぴったりの相手同士の出会いとなっております〃との意を告げる。

「湊合」は「雲合輻湊」（雲のごと合《あつ》まり輻《や》のごと湊《あつ》まる）や「合遠湊近」（遠きを合《あつ》め近きを湊む）、「四邊合湊」（四辺合まり湊まる）等という時の「湊合」または「合湊」で、広く集める（集まる）意。〝自分と相手両者の要求（あなたの商売の運気とわたしの生活）がぴったり合うことで、互いに力を出し合い、揃って商売を繁盛《win・win》させることができる。〟

031 年高有徳（年高く徳有り）

高齢者には徳がある、と単純に見ているのではなく、〝高齢で、しかも徳を備えている人は、経験を積み、判断力もあって、お師匠様の話し相手として不足無し〟と悟空は見る。

『西遊記』成立の頃の明代に於ける経書の注釈を見ると、高齢者について「年高有徳者居於上、年高淳篤者次之」（年高く徳有る者は上に居《を》り、年高く淳篤《じゅんとく》なる者は之に次ぐ）とあり、「年高有徳」であることこそ一番、「年高淳篤」であることはその次、と順位がつけられている（「淳篤」は、情に厚く真心がある意）。

悟空は他方、「年紀雖大、卻不識耍」（年紀大なりと雖も、卻《かへ》って耍《たはむ》るるを識《し》らず）、すなわち〝年を取っていても、冗談《ユーモア》が理解できない人もいる〟と批判もする（「耍《さ》」は、あそぶ、たわむれる。「要」とは別字）。必ず徳があり、気兼ねなく談笑できる人物であることを、悟空は高齢者に望んでいる。

032　火眼金睛（火眼金睛《くわがんきんせい》）

〝悟空の赤目は「真《まこと》」か「仮《かり》」かをしかと見分ける。〟

悟空は天上界を鬧《さわ》がせた際、捕らえられ、太上老君の八卦炉に押し込められて、その身をご神火で焼かれる（鍛煉される）という痛い目に遭う。その際、「鑽在巽宮位下」（鑽《もぐ》りて巽《そん》宮の位の下に在り）、つまり巽《たつみ》の風を呼んで火炎をかわすことまでは出来た。しかし、眼は煙で熏《いぶ》され、痛み、赤目になってしまう。その結果、怪我《けが》の功名か、逆に眼が鍛練され、何でもお見通しの眼力が具《そな》わる。『西遊記』の本文には、「放在八卦爐中、將神火鍛煉、……火眼金睛、銅頭鐵臂」（放《お》かれて八卦爐の中《うち》に在り、神火を将《も》つて鍛煉さるれば、……火眼金睛、銅頭鉄臂《てつひ》なり）とある。〝ものを見抜くために養われた眼力〟をいう。

なお、南東《たつみ》（辰巳）の風の「巽」は「遜」（「孫」）と同音であり、悟空にとっては順風、いわゆる孫悟空の風である（↓036）。

033　「善豬惡拿」（「善き猪《ぶた》は悪《あ》しく拿《とら》ふ」）（「善豬に悪拿《あくだ》」）

天上界の天蓬《てんほう》元帥こと八戒が下界に流謫《るたく》され、豚の妖怪として三蔵法師一行に加わる際の騒動の中で、八戒を小突《こづ》いて捕り押さえる時に悟空が引用した当時の諺（「常言」）。〝要領の好い豚でも、荒っぽい捕獲者こそが上手く取り押さえられる、って事らしいぜ。〟

「悪拿」は、荒っぽい捕獲（或いは捕獲者）をいう。「拿」は、「拿捕《だほ》」「拿獲《だかく》」の「拿《だ》」で、捕まえる（捕まえる者）の意。捕り物をする役人を「獲解官」というが、この「拿（拏）」を加え、「拿獲解官」といったり、さらに「悪」を加え、「悪拿獲解官」ともいったりする。

天蓬元帥の本性を豚だと見抜く悟空は、この諺を引用し、〝おとなしい風《ふり》をしても、手こずらせれば、荒っぽくなるぜ〟と牽制し、どんな人物か、その本性を見抜こうとしている。言うまでもなく八戒、この時は神妙に従ったものの、以降、一行の中で悟空の足を引っ張り、厄介の種となったり、三蔵の「真仮の弁」を惑わすような存在ともなって行く（本性が露《あら》わとなる）。

034 山高路險、水闊波狂（山高くして路険しく、水闊《ひろ》くして波狂《くる》ふ）

悟空は時に、自分たちの旅を〝山が高ければ山道は険しく、川が広ければ波も荒れ狂う〟と形容する。旅路や処世にはとかく困難がつきものであるという覚悟の表明になっている。

この言葉は、「山高路険、村落鮮少」（山高くして路《みち》険しく、村落鮮少《すくな》し）とか「山高路険、箐深林密」（山高くして路険しく、箐《たかむら》深くして林《はやし》密なり）等ともいう（「箐」は、竹林）。「水闊波狂」は、「水濶波長」（水濶くして波長し）、「水濶烟波渺」（水濶くして烟波渺《はる》かなり）等ということもある。眼前に見える光景から、前途を予測する語でもある。

詩では、旅の山河は「河廣川無梁、山高路難越」（河広くして川に梁《はし》無く、山高くして路越え難し）等と詠むが、悟空は、仏教書『碧巌録』の「前不搆村、後不迭店」（前《すす》むも村に搆《いた》らず、後《もど》るも店《はたご》に迭《およ》ばず）を踏まえて、「前不巴村、後不著店」（前むも村に巴《ちかづ》かず、後るも店に着かず）とも言い、彷徨《さまよ》いの場ともみている。僧侶である三蔵一行はこのような苛酷な路程を修行の一環として受け入れ、旅して行く（→047、153）。

035 此乃天家四時之氣、有何懼哉（此れ乃ち天家四時の気なり、何の懼《おそ》るる有らんや）

「天家」は、天下を以て家と為すこと、あるいはその人、天帝。「四時」の風は、春夏秋冬それぞれに吹く所の和風、薫風、金風、朔風の四つをいう。〝風当たりが強くても、天の吹かせる風であれば、恐がることはない〟の意。〝心地よさではなく、風を読め。〟

悟空は風を見、風を味方につける力があるので、風を恐れない。彼は「抓風之法」（風を抓《つか》むの法）を心得ており、強風に遭《あ》っても、それが「虎風」（順風↓036）か「怪風」（逆風）かを見分けることができる。もしも「怪風」が吹いているのであれば、「風大時就趓」（風大なる時は就《すなは》ち趓《かく》る）というような何らかの手段を講ずる。もちろん悟空は「四時皆有風」（四時皆《みな》風有り）との認識を持っていて、風が吹くのは当たり前、それが強風であれ、通常は風を恐がることはない。風を感じ、読めば（分析すれば）済む。

036 不是虎風、定是怪風（是れ虎風《こふう》ならず、定《さだ》めし是れ怪風ならん）

「虎風」は、『易經《えききょう》』の「雲從龍、風從虎」（雲は龍に從ひ、風は虎に從ふ）に由来する語。天（乾《けん》）を行くのは龍であり、地（坤《こん》）を行くのは虎である。風は地を吹くから、地を行く虎に従う。そこで天行地勢に従って由緒正しく吹く真の風を「虎風」という。「怪風」は、それとは異なる吹き方をする。〝怪しげな吹き方の風は、注意を要する。〟

因みに、風は何にでも従うことから、へりくだって命《めい》に従うことをも象徴し、「謙遜」の「遜《そん》」、すなわち『易經』では同音の「巽《そん》」の卦がその意味を担う。「遜」は「孫」とも通じ、孫悟空が「巽《たつみ》」の風をあてにするのも、仮りそめの「怪しき風」ではないと信ずるからである。〝雲行きや風向きは、くれぐれも読み間違えることの無きように。〟（↓032）

037 「留情不舉手、舉手不留情」（「情を留《とど》むれば手を挙ぐれば情を留めず」）

当時の諺（「常言」）であるこの〝情けを懸けるなら手を挙げるな、手を挙げるなら情けを懸けるな〟は、〝いずれにしてもやるなら中途半端にせず、迷わず、徹底する〟の意。悟空の判断の迷いの無さが現れている一言。後半はつづめて「舉手無情」ともいう。

「留情」は、「客留情春、更留情月」（客は情を春に留め、更に情を月に留む）や「留情世事終何補、得意雲山亦易休」（情を世事に留むれば終《つひ》に何をか補《つくろ》はん、意を雲山に得《う》れば亦た休《や》め易からん）というように、人や物事に心ひかれること。

「挙手」は、着手する動作一般をいうが、ここは如意棒を振り上げたり、刀を振るったり、殴りかかって撲《ぶ》ったりすること。たとえば仏教書の『法苑珠林《ほうおんじゅりん》』には、「其子勃逆、不修仁孝、以瞋母故、舉手向母、適打一下」（其の子勃逆《ぼつぎゃく》にして、仁孝を修めず、母に瞋《いか》るを以ての故に、手を挙げて母に向かひ、適《たま》たま打つこと一下《いささか》なり）と見える。また他にも「舉手自搏」（手を挙げて自らを搏《う》つ）や「舉手……打爲肉醬」（手を挙げて……打って肉醤と為す）等と見えている（『西遊記』中にも頻見）。

038 戀戰、許敗不許勝（戦ひを恋ふるは、敗《やぶ》るるを許して勝つを許さず）

「戀戰」は、恋の争いではなく、勝負勝敗に拘《こだわ》り続ける未練がましい戦い方のこと。

仲々勝負がつかないような場合、〝恋々と何時《いつ》までも勝敗に拘ってると、危ないぜ。早いとこ戦いを切り上げ、一旦は退却するのが得策〟と悟空は諌《いまし》める。


後漢の李尤《ゆう》という人の「弩の銘《いしゆみ》」という文章には、「克獲雖屢、猶不可常。戀戰者危、極武者傷」（克《か》ち獲《う》ること屢《しば》しばなりと雖も、猶ほ常なるべからず。戦ひを恋ふる者は危ふく、武を極むる者は傷つく）とある（「克獲」は「剋獲」とも書き、勝つこと。なお、多くの本《テキスト》では、「戀戰」（恋戦）が「忘戰」となっている。ここは「北堂書鈔」本に拠る）。

「無心戀戰、鮮有不敗」（心無く戦ひを恋ふるは、敗れざる有ること鮮《すくな》し）、「若再戀戰、徒損官兵」（若《も》し再び戦ひを恋《こ》はば、徒《いたづ》らに官兵を損なはん）という結果に終わることが危惧される所である。物事の見極めをどうするか、〝退《ひ》きぎわが大事〟の時もある。

039 凡胎肉骨、重似泰山（凡胎《ぼんたい》肉骨は、重きこと泰山に似たり）

〝凡人を負《お》んぶするのは、泰山を背負うのと同じくらい重たい〟、〝世人は厄介。〟

「凡胎肉骨」は、神仙ではない、一般の人（世俗の凡人凡夫）をいう。「凡胎」の反対は、「仙胎」。俗世の人の体重は仙人に比べると、雲に乗ることが出来ないほど重い。

直截《ちょくせつ》には三蔵法師を指し、師父は何かにつけ足手まといであると悟空が揶揄《やゆ》しているのであるが、実は要人保護、偉業を成し遂げる人の擁護の難しさをも語っている。

この「凡胎……」云々を古い言い方で言えば、「遣泰山輕如芥子、攜凡夫難脱紅塵」（泰山を遣《つか》はすは軽きこと芥子《けし》のごときも、凡夫を携《たづさ》ふるは紅塵を脱するよりも難し）となる。〝泰山を動かすことは軽いと看做《みな》せても、一般人の三蔵を護衛するのは俗塵の中から抜け出るよりも難しい。〟『西遊記』では、何かにつけ気重な三蔵の「脱紅塵」（脱凡俗）もテーマ、課題の一つとなっていて、悟空はその手助けで常に苦労奔走させられる。

040「若將容易得、便作等閑看」

（「若《も》し将《まさ》に容易に得んとせば、便《すなは》ち等閑《おざな》りに看るを作《な》せ」）

悟空は〝もしも有り難い物を簡単に手に入れたいなら、むしろそれに関心を示すな〟と言う。逆にそれは〝簡単に手に入る物のようにさえ見えなければ、有り難く（尊く）思われる〟の意にもなる。「等閑」は、平常、通常、無意図の意であるから、「等閑看」は、平常心でむしろ等閑視《とうかんし》するようにし、注目注視しないことをいう。

朱子は経書の注釈書の字句が漫然とお座なりに読まれていることを戒め、「莫作等閑看」（等閑《おざな》りに看るを作す莫かれ）と言っている。注釈というものはその性質上簡単に見えるので、却って尊ばれなくなっている現実が有ったやに思われる。悟空はそのような心理を逆手にとり、利用している。見え方とはどのようなものか、その問題喚起にもなる。

041 餐風宿水、臥月眠霜（風を餐《く》らひ水に宿り、月に臥し霜に眠る）↓080、168

『西遊記』の本文に、「出家人餐風宿水、臥月眠霜、随處正走處、不覺天晩」（出家人は風を餐《く》らひ水に宿り、月に臥し霜に眠り、随処正《まさ》に走《ゆ》く処にして、天の晩《く》るるを覚えず）とあるように、この言葉は雲水《うんすい》（行雲流水の行脚《あんぎゃ》僧）の旅路（遊方）や処世をいう（「随處正走處」は、「随處是家」（随処これ家にして）と言うこともある）。〝我々出家人は、風ふく中で食事し、水辺に宿泊し、月光のもとで休み、霜ふる中で寝、到る所を旅の宿と決めている者である、日暮れなど気にならない〟と悟空は言う。

風流なようにも聞こえる悟空たちの物言いだが、「西遊」は「吃辛受苦」（辛きを吃《きっ》し苦を受く）、「喫辛苦」（辛苦を喫《きっ》す）、「行脚喫辛喫苦」（行脚《あんぎゃ》は辛きを喫し苦きを喫す）の連続であるから、むしろそれを修行であると心得、受けて立つべく旅せざるを得ない（「受苦」は仏教語。「吃」は「喫」に同じ）。

042 老小千番（老小千番なり）

〝老人となって死に、また赤児として生まれ変わることを千回も繰り返さなければならないほど、目指す道のりは遠い。〟（「番」は、回数を表す数量詞。）

お経のある霊鷲山《りようじゆせん》雷音寺までの距離は十万八千里、いつになったら着けるのかと嘆く三蔵法師に対し、悟空が答えたのがこの「老小千番」。〝真の目的達成のための道のりというものは、計り知れないほど遠いのですよ（悟り解《わか》るまでの、時間の問題です）。〟

「取経」の旅は、老いては死に、転生してまた赤児に生まれ、また老いては死に、生まれ変わる、輪廻《りんね》を千回繰り返さないと到着できない程《ほど》だというこの答、「聖僧仙輩之郷」という霊場でなされた師弟の対話であり、雷音寺が実際に遠いのと同時に、「見性志誠、念念回首処、即是靈山」（性《しやう》を見誠《み》を志し、念々回首するの処、即ち是れ霊山）といわれるように、誠心をもって何度も何度も己れを省み、その度ごとに（刹那々々）霊鷲山を思い描き、それでやっと己れの仏性が見えた時に始めて見えてくるのが雷音寺であることをも意味している。

つまりは〝修行が成り、悟った時でないと辿《たど》り着けませんよ〟の意。

043 爬樹偸果子（樹《き》を爬《よ》ぢて果子《くゎし》を偸《ぬす》む）

『西遊記』の本文に、「猴子原來第一會爬樹偸果子」（猴子原《もと》より来《こ》のかた第一に会《まさ》に樹を爬《よ》ぢて果子を偸むべし）とあることから、悟空が己れの持ち前を発揮し、木によじ登って「果子」すなわちその木の実（不老不死をもたらす人参果《にんじんか》）を偸むことをいう（「爬」は、登る）。悟空は木に登り、「金撃子」という金の棒で地仙の鎮元大仙が三蔵に贈ろうとした人参果をたたき落としている。人参果は、肉眼凡胎の三蔵の目には赤児に見え、食べることが出来ない。三蔵が仮りに食べてしまうと、三蔵は輪廻転生ができなくなり、仏教徒としては禁断を犯す重大事となる。結果的に悟空は、それを阻止している。

宋の陳起という詩人が隠者の住まいを「守樹猿偸果、窺山犬吠雲」（樹を守れば猿《さる》は果を偸み、山を窺《うかが》へば犬は雲に吠《ほ》ゆ）と詠んでいるように、猿は木の実盗《と》りがお手のもの、それはむしろ自然で、〝特技が有ってこそ、得難きものも手に入る。〟しかしここは悟空、〝本性をむき出しにしてまで欲しい物を手に入れる〟ことをやっている。「偸」は、こっそりの盗みではあるが、しかしその欲望、意図せぬものをも得ている。

044 大有縁法、不等小可（大いに縁法有るは、小可《せうか》に等しからず）

「縁法」は仏教語で、「因縁」、「結縁《けちえん》」のこと。一万年で三十回しか実らないという人参果《にんじんか》すなわち仙果を食べる事ができたという滅多にない「ご縁」に恵まれた悟空、それは「小可」すなわち些細な結果とは全く違うと分かり、「足るを知る」ということを悟る。単に物をたらふく食ったというのではなく、何の因果か、不老不死の命までもらったのであるから、その境地に辿《たど》り着く。そして逆に、食うことに飽き足らず、「不知止足」（止《た》だ足るのみなるを知らず）の状態に在る貪欲な八戒に対してこの語を発し、〝滅多に無いご縁は、それ以上を望んではならぬ〟と諭す。

仏教書の『法苑珠林《ほうおんじゅりん》』に、「能無法不縁、無境不察、然後縁法、察境」（能《よ》く法無くんば縁《えん》あらず、境無くんば察せず、然《しか》る後に法に縁あり、境を察す）とある。悟空は、人参果を食べ得た事によって入手できた不老不死というものが、欲望としてもうそれ以上を望めない状況であることを察し、「足るを知る」という道理はこれだったのかと、その道理と縁を結ぶことが出来ている。

045 偸果子是我、吃果子是我

（果子《くわし》を偸《ぬす》むは是れ我なり、果子を吃《く》らふは是れ我なり）

この語の後にはさらに「推倒樹也是我」（樹を推《お》し倒すも也《ま》た是れ我なり）と続く。〝妖怪でない者なら、自分が盗みをはたらいたこと、悪さをしたことを白状できる。〟

悟空は、地仙の鎮元大仙の人参果《にんじんか》を偸み、それをたら腹食ってしまう。しかも成り行きで例の短気がおこり、果子《かし》（果実）のみならず、果樹を根こそぎ倒してしまう。この出来事、ずいぶん乱暴な行為ではあるが、起こるべくして起きているとも言える（↓043）。

高い所の木の実を採るために木まで切り倒してしまう「斫樹取果」（樹を斫《き》りて果を取る）話が、『百喩經』にある。短慮軽率による後悔を諭しているが、悟空の倒木には表だったそれなりの理由が無い。本性ゆえ謝るほかない。悟空の哲学としては、正直者であれば、咎《とが》められれば罪を認め、〝私がやりました〟と白状することになる。反省後は、懸命な修復も行なっている。

この語、「真仮の弁」でいえば、「真」の側にあり、嘘のつけない悟空ならではの告白となっている。「偸果子是我」とだけいっても分かる。逆に妖怪や伏魔であれば、根強い虚言癖があり、とことん嘘をつき通そうとする。

046 「日久見人心」（「日久しくして人心を見る」）

〝人の心というものは、日が経ってはじめて見えてくる〟という当時の諺（「常言」）。

その時は何故なのかが分からなくっても、日が経つと、人が何故あの時にあの様に言ったのか、或いは自分がそのように遣《や》ったり思ったりしたのか、その理由が後々分かってくる、と悟空は言い、自分が以前「人参果」を偸《ぬす》んだ訳を話そうとして、この諺を引用する。〝物事の見え方は、時間とともに変化する〟、〝心の問題は即決せず、暫《しばら》く措《お》いてみる。〟

明代清代の曲の中には「誰知日久見人心、漸漸不如始」（誰か知らんや日久しくして人心を見れば、漸々《ぜんぜん》として始めに如《し》かざるを）とか「果然日久見人心、到此方知沒義人」（果《はた》して然《し》かり日久しくして人心を見れば、此《ここ》に到って方《はじ》めて義沒《な》きの人なるを知る）、「路遙知馬力、日久見人心」（路遥かにして馬力を知り、日久しくして人心を見る）等の表現が散見できる。時間が経つに従って本心が見えて来ると、見えなかった頃の方がまだ増しだったとなるのも人の常であろうが、それは逆に〝時間が経てば日増しに真実が見えて来る〟という意にもなる。「真仮の弁」は、時間をおくことも必要だと悟空は言う。

047「山高必有怪、嶺峻卻生精」（「山高ければ必ず怪有り、嶺峻《けは》しければ卻《かへ》つて精を生ず」）

「精」は「妖精」ともいい、妖怪、妖魔、化け物の意。フェアリー（fairy）やニンフ（nymph）とは異なる。

〝山が高く険しければ、必ず得体の知れない魔物が潜んでいる〟と諺（「常言」）にはある、と悟空は言う。人の世には、だだっ広い場所、入って行きにくい情況、奥の見えにくい環境など、おっかなびっくりの所が遠《あ》ち近《こ》ちに有り、注意が必要であることをいう。

高山や峻《たか》い嶺《みね》には、得体の知れない魔物が棲んでいるというのは、『西遊記』のいわば常套表現。そこには天上界から天下ったはみ出し者等が「仮《かり》」の姿で潜伏棲息し、詐術や欺瞞が横行する吹きだまりとなっている。人道の及ばない者がいる場合は退治を要する、と悟空は見る。因みに後々、この諺に三蔵は執《と》らわれ、心が過敏になってしまう（↓153。行脚僧が高山を行く際の心理はその修行と関連し、のち、烏巣禅師が『心經』をもたらし、その意味を説くことになる↓063）。

048　或變金銀、或變莊臺、或變醉人、或變女色

（或は金銀に変じ、或は荘台に変じ、或は酔人に変じ、或は女色に変ず）

〝他人を利用したい場合は、お金か、豪華なお屋敷《やしき》か、酒か、色気を使って心を奪ってやると、うまく行く〟（逆に言えば、〝「お金」云々には要注意〟）。

人を思いのままに利用することを、『西遊記』では「或蒸或煮」（或《あるい》は蒸し或は煮る）とか「或煎或炒」（或は煎《い》り或は炒《いた》む）とか言ったりする。すなわち〝煮るなり焼くなり料理すれ

ば人も喰える〟ことを意味するが、悟空は体験談として、人肉を狩った後（妖怪だった頃の話）、「盡意隨心、或蒸或煮」（意を尽《つ》くし心に随ひ、或は蒸し或は煮る）という風に調理したところ美味く喰えたと言い、その様にするためには先ず〝お金等で、そいつを誘い込むことだ〟と言っている。見栄えや嗜欲には勝てないという人の弱みをくすぐる手であり、三蔵のように騙されやすい者は気をつけなければならないことだと、悟空は諭す。『西遊記』のテーマに照らせば、「真仮の弁」のために、「仮」（「金銀、荘臺、酔人、女色」の誘惑）を見抜くことをいう。

049 「虎毒不吃兒」（「虎は毒なるも児《こ》を吃《くら》はず」）

〝虎は獰猛《どうもう》だが、我が子を食ったりはしない〟という当時の諺（「常言」）。（「吃」は「喫」に同じく、食べたり飲んだりすること。）

「真か仮か」の見分けのつかない三蔵が悟空を悪者と見、緊箍呪《きんこじゅ》を唱えて悟空の頭を締め付け、懲らしめようとした際、悟空は三蔵を牽制し、この諺を用いている。〝お師匠さま、物事を見抜く力が無いと、判断を誤り、虎が我が児《こ》を喰ってしまうみたいな有り得ない事態になりますよ。〟

唐の聶夷中《じょういちゅう》（一説に孟郊《もうこう》）という詩人に、「佞是福身本、忠是喪己源。餓虎不食子、人無骨肉恩」（佞《おもね》るは是れ身を福にするの本《もと》にして、忠は是れ己を喪《ほろ》ぼすの源なり。餓《う》ゑたる虎も子を食はざるに、人には骨肉の恩すら無し。「比干《ひかん》の墓を弔ふ」詩）という句があり、悟空の引くこの諺はこれを踏まえている。言わんとする所は、殷の紂《ちゅう》王が自分のおじであり忠臣でもある比干に自らの政事の暴虐性を諫《いさ》められ、あろうことか死刑で報いたという点に在る。悟空は師の三蔵に対し、そのように弟子の忠孝心を見誤って潰《つぶ》してしまうことの無いよう、「真仮の弁」を慎重にするよう伝えようとしている。

050 巧言花語、嘴伶舌便（巧言花語、嘴《くちびる》伶《かしこ》く舌便《べん》なり）

〝（悟空の）口の動きの滑らかさ、巧妙な言葉〟の意。『論語』の「巧言令色、鮮矣仁」（巧言令色、鮮《すくな》いかな仁）を想起させるが、ここは上手いことを言う意で使われている（「嘴《し》」は、唇。「伶」は、怜悧（伶俐）、賢い意）。悟空は、この語が表すように巧みな弁舌を用いて、三蔵による謂《い》われのない叱責から逃れようと試みることがある。

「巧言花語」は、ふつうは「巧語花言」（巧みなる語花やかなる言）といい、『西遊記』の中では悟空自身が妖怪を揶揄《やゆ》して「巧語花言、虚情假意」（巧みなる語花やかなる言、虚しき情仮りの意あり）と罵る等、ごまかしの言葉を指摘する際によく発せられる。当時の諺（「常言」）であり、俗諺としては「你巧語花言、謊殺人冤家」（你《なんぢ》の巧語花言は、謊《ねごと》にして人を殺し家《ひと》に冤《ぬれぎぬ》す）や「無差錯唇天口地、無高下巧語花言」（唇天口地を差錯《ささく》たらしむる無かれ、巧語花言を高下する無かれ）等、文献中でもまま目にする。

〝悟空の「巧語花言」は、危うさと紙一重の所があるようにも見える。〟

051 **潜靈作怪**（潜霊怪を作《な》す）

〝正体本性を隠し通して悪さをはたらく妖怪は、なかなか見破ることが出来ない。〟

善人を装い「迷人敗本」（人を迷はせ本《もと》を敗《やぶ》る）という悪さをする妖怪「白骨夫人」（白骨精）を指して悟空は「潜靈」という。何度も再生する「解屍法」を使って、悟空一行の離間まで行なうその妖怪の「真仮」すなわち本性正体を見破ることは、肉眼凡胎の目では、決して出来ない。〝善人を装う極悪は、仲々見抜けない（「火眼金睛」を養え）。〟

「潜靈」は、『西遊記』の中では「養氣潜靈」（気を養ひて霊を潜《ひそ》む）や「潜靈養性」（霊を潜《ひそ》めて性を養ふ）のような言い方が見られ、心を静めることを言うが、ここの「潜靈作怪」の「潜靈」は、古い道書の『抱朴子《ほうぼくし》』に、霊鳥とともに不思議を働く存在として、「玄圃之棲禽、九淵之潜靈」（玄圃の棲禽《せいきん》、九淵の潜霊）とあり、また後の宋の周邦彦《ほうげん》という人の「汴都賦」（汴都《べんと》の賦）という作品にも、「鮫人……馮夷……、潜靈幽怪、助喜樂也」（鮫人……馮夷《ふうい》……、潜霊幽怪、喜び楽しむを助く）とあるように、物事の背後、水面下に潜んで力を貯《た》め込み、あれこれ「怪」（不思議）を働く存在を言う。ただしそれは本来、悪さというよりは寧ろ、それが「潜靈廟」という廟にも祀られるように、蔭ながら助けてくれる存在でもある。が、「白骨夫人」という「潜靈」は真逆で、最悪と言える（仏教にいう「九相」の「白骨相」にある霊と見れば、「焼相」、「成灰相」にまでは至っていない死相）。

世には「白骨精」のみならず、「黒骨精」や「黄骨精」、「粉骨精」等も潜むとのこと。

052

「事不過三」（「事は三たびを過ぎず」）

〝お試しや見逃《みのが》しも、精々《せいぜい》三度まで〟とは、当時の諺（「常言」）。

〝仏の顔も三度まで〟ではないが、〝試みは精々三度までしか許されまい〟と悟空は考える。妖怪を見抜けぬ三蔵に何とか妖怪の存在を分かって貰《もら》おうと試みるのであるが、無理と知った悟空、三度という限度を超えてしまうと、「下流無恥之徒」（下流無恥の徒なり）と罵られかねない、と諦めることとなる。「真仮」の弁別を要請する時の限界をも言う。

物事は「三」という上限が多い。たとえば経書の『禮記《らいき》』には「卜筮不過三」（卜筮《ぼくぜい》は三たびを過ぎず）とあり、その注釈には「禮以三爲成也」（礼は三を以て成ると為す）という。「肴不過豆肉、酒不過三爵。……以爲儒雅之會矣」（肴は豆肉を過ぎず、酒は三爵を過ぎず。……以て儒雅の会と為せり）ともあるように、〝あれこれ行う限度は三度まで〟で止《よ》しておくのが宜しい。それ以上はくどく、礼や適切さ、節度、延いては却って信用を欠くことになる（「豆肉」は、一もりの肉。「豆」は、盛りつけを数える数量詞）。

053 八戒詀言話語（八戒の詀言《てんげん》話語）

〝八戒が口にするでたらめは、凡胎には却って納得され易い。〟

もの事を深く見抜くことに怠惰な、しかも節操の無い存在である八戒の妄言は、いつも悟空を悩ませる。凡胎と同様の見方や考え方をするため、その分、八戒の発する「詀言」は師父三蔵を説得しやすい。「真仮の弁」を曇らせる「話語」でもある（「詀」の音読みはテン。「詀」とは別字で、おしゃべり、でたらめ、たくみなことば、の意）

「詀言」ではないが、「詀語」という言葉が唐の詩人の詠んだ「小児」という詩に見えている。「詀語時時道、謠歌處處傳」（詀語時々に道《い》ひ、謡歌処々に伝《つた》ふ）。子供の他愛ない言葉のことであるが、後世では怪しげな言葉を意味し、例えば明代の医学書には「心血不足、故詀語」（心血足らず、故に詀語す）等と見える。心身が落ち着かない時に発するうわ言のような言葉を「詀語」といっている。明らかにでたらめと分かれば好いが、凡俗の気を引く言葉であったりすると、「真か仮か」の議論がかき乱されることになる。

054 前栽楡柳、後種松柟（前に楡《にれ》と柳を栽《う》ゑ、後ろに松と柟《くすのき》を種《う》う）

悟空いわく、〝我が家の前には楡や柳を植え、後ろには松や楠《くすのき》を植えるんだ〟と。「柟《ナン》」は、南方に生えるので「楠」とも書き、本字は「枏」と書くとのこと（和名ユズリハ。学術名・・Machilus Nanmu）。いわゆるクスの木（Cinnamomum camphora）は「樟」と書き、「楠」とは異なる。「柟」（「楠」）は建築材として棟梁に使え、器材としても強く、樹形も良いという。なぜ悟空は吾が住まいに「柟」を植えるのか。観賞用か、木材か。はたまた「臨濟栽松」（臨済松を栽う）ではないが、境内の区画か。

意見が合わずに三蔵のもとを逐《お》われ、暫《しばら》く遠ざかっていた故郷の我が家水簾洞《すいれんどう》に戻って来た悟空は、「前栽楡柳、後種松柟、桃李棗梅、無所不備。逍遙自在、樂業安居」（前に楡《にれ》と柳を栽《う》ゑ、後ろに松と柟《くすのき》を種《う》う、桃と李と棗《なつめ》と梅と、備はらざる所無し。逍遥として自在、業を楽しみ居に安んず)、「天不收、地不管、自由自在」(天は収めず、地は管《つかさど》らず、自由にして自在なり)という生活に入っているので、陶淵明の「園田の居に帰る」詩の「楡柳蔭後園、桃李羅堂前」(楡柳は後園を蔭ひ、桃李は堂前に羅なる)を真似《まね》、安居自適を求めたと見れば、まずは観賞用か(道家風)。

ただ、悟空は帰郷と同時に、荒れ果てていた故郷の修復復興にとりかかっている。その際、「重修花果山、復整水簾洞」(重ねて花果山を修め、復た水簾洞を整ふ)を旗印に掲げているので、「松」や「柟」は、何年後かには、木材として様々な用途に用いることができるのではないか。植栽にいそしむのは、心を解放し、そこに安居することをいう。

055 身回水簾洞、心逐取經僧(身は水簾洞に回《かへ》るも、心は取経の僧を逐《お》ふ)

〝我が身は故郷に帰っても、心は大切なあの御方の事を思い続けているのです。〟

三蔵に破門されてしまった悟空、故郷の花果山水簾洞《すいれんどう》に帰ることになる。しかし忠孝心と義務感の強い悟空、三蔵のその後の苦難が気に懸かって仕方ない。

仏教では「心逐物爲邪」(心の物を逐ふは邪と為す)というような事をよくいう。気に懸かるということは、心の有り様としては執着ということになるが、儒教の「身在江湖、心存魏闕」（身は江湖に在るも、心は魏闕《ぎけつ》に存す）や「身在胡越、心懐老母」（身は胡越《こゑつ》に在るも、心は老母を懐《おも》ふ）と同じく、〝我が身は何処に居ようとも、心は大切な人を忘れない〟という思いであれば、その執着を、悟空は問題にしない。儒教道徳をも包含する、悟空らしい述懐であるとも言える。

056 孝者、百行之原、萬善之本（孝は、百行の原《みなもと》にして、万善の本《もと》なり）

「古文『孝經《こうきょう》』序」という古い文章の中に、「嗚呼夫孝者、百行之本、萬善之先」（あゝ夫《そ》れ孝は、百行の本《もと》にして、万善の先《はじ》めなり）とあり、それに関する明の曹端《そうたん》という人の注釈に、「孝乃百行之原、萬善之首」（孝は乃《すなは》ち百行の原にして、万善の首《はじ》めなり）とある。その後「夫孝者、百行之源、萬善之極」（夫《そ》れ孝は、百行の源にして、万善の極みなり）等と後世に言い継がれてゆく（「原」は「源」に同じ）。

〝孝心こそ全ての行いの源であり、全ての善行は孝心から始まる〟という儒教道徳。妖怪に囚《とら》われの身となり、救いを諦《あきら》めてしまった宝象国のお姫様を救う際、救助を信じる力を取り戻させるために、悟空は「蓋『父兮生我、母兮鞠我。哀哀父母、生我劬勞。』故孝者、百行之原、萬善之本。……将身陪伴妖精、更不思念父母、非得不孝之罪、如何」（蓋《けだ》し

「父や我を生み、母や我を鞠《やしな》ふ。哀々たり父母、我を生みて劬労《くらう》す」と。故に孝は、百行の原、万善の本なり。……身を将《も》つて妖精に陪伴し、更に父母を思念せざるは、不孝の罪を得るに非ずして、如何《いかん》ぞや）と言ってお姫様を励ます（「妖精」は、妖怪）。

悟空はお姫様に「陪伴妖精」こそ「不孝之罪」であると言い、妖怪のもとに身を寄せて言いなりになっているのは親不孝の最たるもの、脱出を諦めてはならぬ、と儒教道徳を用いて諭《さと》す。それは天上界のはみ出し者に嫁ぐに等しく、「侍奉雙親到老」（双親の老いに到るに侍奉す）を放棄してしまう不孝の罪を犯すことになる、「真」ではない、と。

057「尿泡雖大無斤兩、秤鉈雖小壓千斤」

（「尿泡は大なりと雖も斤両《きんりやう》無く、秤鉈《しょうた》は小なりと雖も千斤を圧す」）

〝おしっこの泡はでっかいだけで、重みは無い。見かけ倒しもいい所。それとは逆に、天秤の分銅は小さくても千斤の重さと釣り合う〟という当時の俗諺《ことわざ》を悟空は引用し、妖怪の正体本性と自らのそれとを比較すべく喩《たと》える（一斤は、明の時代は六百グラム、現在は五百グラム）。「真仮」の「仮」の見分け方をも示している（見かけの大小ではない）。

一体、妖怪というものは、心臓には熱い血潮が流れておらず、頭頂はふにゃふにゃで腰砕け、全てが仮りそめ（「假」）であって、それを見かけがでかいからといって、見誤っては行けない、「相貌空大無用、走路抗風、穿衣費布、種火心空、頂門腰軟、吃食無功」（相貌《さうばう》は空大にして用無く、路を走《ある》けば風に抗《あらが》ひ、衣を穿《き》れば布を費やし、種火は心空しく、頂門は腰のごと軟らかにして、食を吃《く》らふも功無し）と悟空は譏《そし》り注意を促《うなが》す。

因みに、その妖怪の相貌の「種火」とは、もともとはたねびの意。元《げん》の時代は「種火灰中深」（種火は灰中に深し）という俗諺《ことわざ》があり、種火が灰の中に深く埋もれ、外では輝かない様を形容した。ここの「種火」は、医家が「心固有火」（心に固《もと》より火有り）といい、「火心主血」（火心は血を主《つかさど》る）という所の「火心」（「心火」）も同じ）、すなわち心臓を指す。「金肺・木肝・土脾・水腎」と併せて五臓の呼称の一つにもなっている。

「頂門」は、頭蓋《ずがい》（脳蓋）の囟《ひよめき》、頭頂骨の接合部分。「頭頂軟弱」であると、医家では治療の対象となる。「腰軟」は、医家では「五軟悪候」の一つに数えられ、体調の悪さ、虚弱をいう。妖怪の正体本性は、悟空に言わせれば、先ず以てすべて小便の泡同然であって、「空大無用」のものなのである。

058 「父子無隔宿之仇」（「父子に隔宿の仇《あだ》無し」）

一旦は破門された悟空が、再び三蔵の護衛役に戻るに際して発した言葉。〃父と子は、宵越《よいご》しの怨みなんか懐《いだ》かない。〃

「隔宿之仇」は、明の蔡清《さいせい》という人の『四書蒙引《ししょもういん》』という本に、「所謂『隔宿之怨』非不共戴天之讐、終身之恨也」（謂《い》は所《ゆ》る「隔宿の怨み」とは、共には天を戴《いただ》かざるの讐《あだ》、終身の恨みに非ざるなり）と見えるので、もともと「雪吾之宿讎」（吾の宿讐を雪《すす》ぐ）とか「除君王之宿讎」（君王の宿讐を除く）等という時の「宿讐（宿仇）」のような、抛っておけば生涯にわたって根に持ってしまいかねない怨恨（「宿怨」）ではない（「隔宿」は、一晩経っても消えない、二日も三日も続く程《ほど》の、の意。「宿酔」と言えば、二日酔い）。

「父子隔絶」という語も無きにしも非ずだが、悟空は三蔵に対しては常に「一日爲師、終身爲父」（一日師と為せば、終身父と為す）という、師弟関係以上に強い忠孝心を懐いて従っているので、自分と三蔵との関係を「父子無隔宿之仇」と信念をもって言っている。

059 虎入羊羣、鷹來鷄柵（虎羊の群れに入《い》り、鷹鶏の柵に来たる）

悟空が阿修羅のすがた「三頭六臂」（もと「三頭八臂」）に化して闘《たたか》うと、やられた相手

（妖怪）は、「頭如粉砕」（頭は粉の砕《くだ》かるるがごとし）、「血似水流」（血は水の流るるに似たり）といった惨状を呈することになる。それは「狼入羊羣」（狼羊の群れに入る）、「野犬入羊羣」（野犬羊の群れに入る）というのも同じで、〝赤子の手をひねるより簡単〟だからである。「鷹來野雉何暇走」（鷹来たれば野の雉《きじ》何の暇《いとま》ありてか走《に》げんや）も同じ。ただし、「羊」や「鶏」、「雉」は、ふつうは善良な弱者の意で用いられる。その場合は勿論、悟空は決して惨たらしい目に遭《あ》わせたりはない。強者弱者、善悪の弁別は心得ている。

虎と羊の喩えは、他の文献にも多々見られる。たとえば「猛虎當羊豕」（猛虎羊豕《ようし》に当たる）や「猛虎驅群羊」（猛虎群羊を駆《か》る）、「猶猛虎之睨羣羊」（猶《な》ほ猛虎の群羊を睨《にら》むがごとし）、「若豪虎之暴豚羊」（豪虎の豚羊を暴《あら》すがごとし）等、いずれも〝相手にならない〟意。悟空の容赦の無さの徹底ぶりを表す語になっている。

060 因思凡、降落人間

（凡《ぼん》を思ふに因り、人間《じんかん》に降落す）

この言葉の後には、さらに「不非小可、都因前世前縁」（小可を非《そし》らず、都《すべ》て前世の前縁に因る）と続く。天上界に在る存在なのに、〝凡俗な考えを起こして、謫仙《たくせん》さながらに下界に降りてくる〟、それは、些末な事はさて措《お》き、すべて前世の因縁に因る、そのことこそ問題なのだ、と悟空は仏教思想に照らしてその業の深さ、どうしようも無さを指摘する。（因みに、「不非……」の語法は、「有大畧者、不問其短、有厚徳者、不非小疵」（大略有る者は、其の短を問はず、厚徳有る者は、小さき疵《きず》を非《そし》らず）等と用いられるので、問題にしない、咎めない、非難しない意ととりたい。）

『西遊記』には「思凡下界」（凡を思ひて界を下る）という語が頻出する。これは天上界のはみ出し者が、下らぬ考えを起こして下界に天下りし、悪さをはたらくことをいう。『西遊記』に登場する妖怪の多くは、それ（↓110）。この連中、天上界に在っての業《ごう》を背負って降りて来ているので、始末が悪い。その者の「業」を見抜くことが「真仮」の「仮」を見抜くことになる、と悟空は教える。

061　凡事攛唆（凡《およ》そ事は攛唆《そそのか》す）（凡《すべ》て事は攛唆《さんさ》す）

悟空は八戒の讒言《ざんげん》（「八戒詀言」）の特徴を「凡事攛唆」と言って問題視する（「攛」も、そそのかす意）。〝言う事すべて人を唆《そそのか》す〟、〝人は上手い言葉にいつも唆《そそのか》されてしまう〟の意。師父の三蔵はよく八戒の唆し（「慫慂教唆」）によってその気にさせられることが有り、『西遊記』の中で悟空の悩みの種となっている（↓053）。

「攛唆《さんさ》」という語は、明代の伝奇小説『醒世恒言《せいせいこうげん》』にも「専意攛唆老公害人」（意を専《もっぱ》らにして老公を攛唆《さんさ》して人を害せしむ）と見える。「攛唆」は「真仮の弁」を鈍らせる。

なお、「凡事」という言い方は〝すべての物事〟の意で用いられ、『西遊記』中では悟空が三蔵に「凡事便要自専」（凡《およ》そ事は便《すなは》ち自らを専らにするを要《もと》む）と言われ、何でも自分中心でやりたがる、と誹《そし》られている。

悟空は八戒を「攛唆」であると指摘し、三蔵は悟空を「自専」であると非難する。その際ともに、上に「凡事」という語を付け、何でもかんでもと概ねの括り方をしている点は、当否は別とし、その性向を捉えているかに見えて興味深い。

062 豈有安心不救之理（豈《あ》に心に安《やす》んじて救はざるの理有らんや）

「安心不救」（安心して救はず）とは、人が困っているのを見ながら安閑として傍観していられること。そんな道理を、悟空は持ち合わせていない。〝困っている人を救わずに安閑としていられるという理屈は、この孫さまの前では通用しない〟と悟空は言う（「安而不救」（安んじて救はず）も同じ）。

唐の有名な儒者であり詩人でもある韓愈《かんゆ》は、「仁人之救」（仁人の救ひ）という考え方に基づき、人々の困窮に対して「其將往而全之歟、抑將安而不救歟」（其れ将《まさ》に往きて之を全《まつた》くせんとするか、抑《そも》そも将に安んじて救はざらんとするか）という問いを投げかけている。悟空のこの〝義を見て知らん顔《ふり》なんて、俺さまにはあり得ない〟という口上は、その儒家的な考え方を包含しているものと考えられる。

063 出家人莫説在家話（出家人は在家《ざいけ》の話を説く莫かれ）

行く手を高山が擋《さえぎ》っているのを見て、三蔵が例によって「前遇山高、恐有虎狼阻擋」（前に山の高きに遇《あ》ふは、恐らく虎狼の阻《はば》み擋《さえぎ》る有らん）と怖《お》じけたのに対し、悟空が放った一言。〝山には虎や狼が棲んでいるといった在家の人たちが口するような考えが、恐怖心を生むのです（そのような世俗の思い込みが、「真仮の弁」を曇らせるんです）。〟三蔵を諭すには、言うまでもなく「出家人は～」というような仏教語を持ち出すのが一番。

そこで悟空、浮屠《ふと》山中に棲む烏巣禅師の伝授する『般若心經』の「心無罣礙。無罣礙故、無有恐怖、遠離一切顛倒夢想」（心に罣礙《けいげ》無し。罣礙無きが故に、恐怖《くふ》有る無く、一切の顛倒夢想を遠離《をんり》す）という一節とともに、自らの偈《げ》の「掃除心上垢、洗淨耳邊塵。不受苦中苦、難爲人上人」（心上の垢を掃除し、耳辺の塵を洗浄せよ。苦中の苦を受けずば、人の上の人と為り難し）という文句を詠んで聞かせ、聞きかじったような思い込みを無くし、真の出家人らしい心構えを鍛えるよう、師父の三蔵に修練を促している。（悟空の偈《げ》中の「不受苦中苦、難爲人上人」は、元《げん》の秦簡夫という人の曲「東堂老劇」中に見える語。）

なお烏巣禅師は、架空の設定による地仙であるとされる。「烏巣」の由来に関しては、仏教書の『景德傳燈録《けいとくでんとうろく》』に、修行中のお釈迦様の頭頂に巣《す》くって果報のあった野鵲（舄尼）の話が載っているが、古い詩集の『楚辭《そじ》』には「多口妄鳴」（口多く妄りに鳴く）を揶揄する「燕、雀、烏、鵲、巣堂壇兮」（燕、雀、烏、鵲、堂壇に巣くふ）という句も見える。もともと天界の存在であると思われる烏巣禅師は、悟空に鬱陶しがられながらも、三蔵一行に「心経」すなわち「心（心猿）」を制する教えと、旅の前途を報《しら》せている。（↓092）

064　笑呵呵（笑ひて呵々《かか》）

苦しい取経の旅の途中で、早く楽になりたいとこぼした三蔵に対し、悟空は〝それっぽっちの事ですか、ハッハ〟と笑い、次いで「師要身閑、有何難事。若功成之後、萬縁都罷、諸法皆空」（師よ身の閑《しづ》かなるを要《もと》むれば、何の難《かた》き事か有らんや。功成りたるの後のごとき、万縁都《すべ》て罷《や》み、諸法皆空《くう》ならん）と言って諭している。やり遂げてしまえば自ずと楽になっているという仏教哲学を用いて三蔵を諭《さと》し、中途で投げ出したい気持ちを戒めているが、それは、南朝劉宋の宗炳《そうへい》という人の「明佛論（神不滅論《しんふめつろん》）」という論文の中に、「心作萬有、諸法皆空、宿縁緜邈、億劫乃報」（心に万有を作《お》こせば、諸法皆空《くう》、宿縁綿邈《めんばく》として、億劫《おくごふ》乃ち報《むく》はれん）とあるのを、三蔵に対して噛み砕いて説いているとも言える（「萬有」は、すべての法界の意。万法、諸法。「諸法皆空」は、悟空の祖師須菩提の教えでもあり、烏巣禅師『心經』の教え「諸法空相」も同じ）。

その際の「呵呵大笑」は仏教書の『景徳傳燈録《けいとくでんとうろく》』等に頻見できるが、その「呵呵」は「訶訶」も同じで、〝（どちらかと言えば）大した事ではない〟といった冷ややかさを含み持つ擬声語。〝分かり切った事〟、〝何て事は無い〟と思って出る笑い声（場合によっては悟り切った笑い）。因みに、一文の末尾に「呵呵」とだけ添えるのは、〝（以上）その程度のことです〟ほどの謙辞。

065 不親必鄰、不鄰必友（親《しん》ならずば必ず隣ならん、隣ならずんば必ず友ならん）

妖怪の神通力を立派なものと見誤り、過大評価しようとする樵夫《きこり》（悟空の配下に在る土地神の化身）に対し、〝（判断違いとは言え）悪《わる》の肩を持ったりするのは、その親類か、それともそのご近所か、でなけりゃその仲間だ〟と悟空は責め立てる。〝妖怪の仲間、同類、協力者と思われても好いのかい〟と問い質《ただ》す物言いになっている。

経書である『易經《えききょう》』の「訟必有衆起」（訟《うった》へには必ず衆の起《た》つ有り）の注釈に、「訟必有親戚、鄰里、知識、徒黨之類、輔其氣、闘其捷、解其紛、釋其難、以衆起」（訟へには必ず親戚、隣里、知識、徒党の類の、其の気を輔《たす》け、其の捷《か》つを闘《たたか》ひ、其の紛らはしきを解き、其の難きを釈《と》き、以て衆《あつま》り起《た》つ有り）と見える。問題が起こった時は、親戚、隣人、知恵者や同志が皆で肩を持って助けてくれるのは力強い。しかしもしも、人を見た目だけで評価し、助けては行けない人の肩を持つ所の強力な身内や親友同然の者となってしまった場合、それが最終的にどのような事態を引き起こすのか、悟空は先ずもって深察するよう、情にとらわれず、大事な「真仮の弁」を働かせるよう、樵夫に要請している。〝後援は考えもの。〟

066 是蛟精解與海主、是鬼祟解與閻王

（是れ蛟《みづち》の精ならば海主に解与《かいよ》し、是れ鬼《き》の祟《たた》りならば閻王に解与す）

悟空は「若是天魔解與玉帝、若是土魔解與土府」（若《も》し是れ天魔ならば玉帝に解与し、若し是れ土魔ならば土府に解与す）、すなわち〝天上界の魔物なら天帝に頼むし、冥土の魔物

なら地獄のお役人に頼むまで〟と言った後、さらに〝みずちの妖怪退治なら海の神様に頼み、お化けの祟《たた》り退散なら閻魔様に頼むのが好い〟とこの句を続ける（「解」は、送りつける、捕まえて押送する。「解與」と言えば、「解送」すなわち犯人護送の意）。

悟空は海伯（海神）や閻魔大王を知人（友人）に持つ。〝手助けを頼むなら、言うまでもなく、その筋の有力な専門家が一番、情報を持っているし、適切な判断、処置まで請け負ってくれる（餅は餅屋、孫さまにはそういう友達なら居るぜ）。〟

067「乍入蘆圩、不知深淺」（「乍《たちま》ち蘆圩《ろう》に入れば、深き浅きを知らず」）

ある時、「取経僧三蔵は天竺に到着できないかも知れない」という予見が、ともに長旅を続ける悟空のもとに届く。それを悟空は三蔵に知らせるべきか否か悩み、〝知らせれば師父は心配するだろうし、知らせなければ予期せぬ事態に泣くことになってしまう〟と思案する。そして到達できなかった場合の三蔵の悲嘆を推測し、〝とつぜん芦原の窪地に落っこちた場合は、深さを予測できない〟という当時のこの諺（「常言」）を、悟空は引く。

「蘆圩」の「圩」は、水の溜まった窪地をいう。水利の書には「圩者、圍也。言圍於水也。循水而堤焉者、曰圩岸」（圩《う》は、囲むなり。言ふこころは水を囲むなり。水に循《めぐ》らして焉《これ》に堤《つつみ》とする者は、圩岸と曰《い》ふ）とある。「蘆圩」は、水を張った落とし穴みたいな処。芦原の中に在ってそれと気づかない場合、落ちれば即座の対処は仕様がない。

068 自家計較、以心問心（自家の計較《けいかう》は、心を以て心に問ふ）↓108、134

「以心問心《いしんもんしん》」は、悟空が事有るごとに到る所で試みている悟空らしい心態。〝自らの今後の是非利害は、自分自身で考えを巡らして決めるまでだ。〟

仏教書の『景徳傳燈録《けいとくでんとうろく》』には、有名な「以心傳心」（心を以て心を伝《つた》ふ）や「以心印心」（心を以て心に印す）の語があるが、『韓詩外傳《かんしげでん》』や『白氏文集《はくしもんじゅう》』には「以心度心」（心を以て心を度《はか》る）といった語も見られ、宋の哲学者の邵雍《しょうよう》という人は「以心観心」（心を以て心を観る）という事を標榜している。朱子は逆に「以心察心、煩擾益甚」（心を以て心を察すれば、煩擾益《ます》ます甚《はなは》だし）と言う。いずれも心で悩み心でそれを考え解決しようとする姿勢をいう。

明の太祖の「諭僧」（僧を諭《さと》す）という文章には「有好寝者、通宵烈風迅雷、而寝者恬然無覺。此果心已矣乎、神已矣乎。果心已乎、則以心問心、果神已乎、則以神問神、亦不亦易乎」（寝《い》ぬるを好む者有り、宵《よひ》を通して烈風迅雷《じんらい》あるも、寝ぬる者恬然《てんぜん》として覚むる無し。此れ果たして心已《や》みぬるかな、神《たましひ》已みぬるかな。果たして心已みぬれば、則ち心を以て心に問ひ、果たして神已みぬれば、則ち神を以て神を問ふ、亦た亦た易《やす》からずや）という話が紹介されている。自らの問題を自らの心に問うて解決するには、自らの心そのものが絶望状態の「已《や》んぬるかな」ではまずい、精神の安定と思慮の冴えを要する（↓134）。

069「縦然是塊鐵、下爐、能打得幾根釘」

（「縦然《たと》ひ是れ塊鉄なるも、炉に下せば、能《よ》く幾根かの釘を打ち得たり」）

〝たとい一塊《ひとかたまり》の鉄くずに過ぎなくっても、炉に入れれば、何本もの釘となる〟、それを恐れない訳には行かない（「縦然〜」は「縦〜」に同じく、たとい〜でも、の意）。

仏教書の『法苑珠林《ほうおんじゅりん》』には「鉄釘地獄」という語が出てくる。何本もの熱した鉄釘で体中の至る所を釘づけされたんでは、その責め苦、堪《たま》ったもんじゃない。

悟空はこの「釘」に関する決まり文句を引く前に、「但只恐魔多力弱、行勢孤單」（但《た》だ只《た》だ魔多く力弱く、行勢孤単なるを恐るるのみ）、すなわち〝多勢に無勢が心配だ〟と言っている。釘一本程度のどうってこと無い妖怪でも、釘は釘、数が増えればこちらの力は弱まる。勢い孤軍奮闘せざるを得ない。鉄釘地獄となる前の用心や備えが肝要、侮《あなど》れないと悟空は見る。（「行勢」は、形勢。「行勢孤單」は、「形勢孤絶」、「形勢孤立」等といっても同じ。中国語では、「行」は「形」と同音。）

070　外好裏枒槎（外は好《よ》きも裏《うち》は枒槎《がさ》たり）

外面を繕うばかりで、実は内面の脆《もろ》い三蔵を、悟空はこの言葉で揶揄《やゆ》する。この語は、元《げん》の時代の念常というお坊さんの書いた『佛祖歴代通載《ぶっそれきだいつうさい》』という本にある「外好裏弱」（外は好く裏《うち》は弱し）という言葉に同じ。悟空は、三蔵には内面の修行が必要だという。

「枒槎」は、明の術数（占卜）の書『六壬大全《りくじんたいぜん》』では「牙槎」に作る。「芽槎」あるいは「槎芽」や「槎牙」に作る本《テキスト》もあるが、宋の文人の歐陽脩《おうようしゅう》が「啄木不啄新生枝、惟啄牙槎枯樹腹」（啄木《キツツキ》は新生の枝を啄《ついば》まず、惟だ牙槎たるの枯樹の腹をのみ啄む）と詩に詠んでいるように、もともと「枒槎」は、木が痩せ、枯れかけて中がボロボロと脆《もろ》くなったような状態をいう。〝（我が師匠三蔵法師は）外面《みせかけ》は好くっても、内面は脆くスカスカで、しっかりとしたものが無い（妖怪を見抜けず、好い顔をしてしまう）。〟

071　樹大招風風撼樹、人為名高名喪人

（樹《き》大にして風を招けば風樹《き》を撼《うご》かし、人名《な》の高きを為せば名《な》人を喪《ほろ》ぼす）

仏教書の『五燈會元《ごとうえげん》』に、「樹高招風」（樹高くして風を招く）と見える。その場合の「招風」は、気持ちの良い涼しい風を招き入れることを意味し、風当たりが強い意ではない。悟空はそれを（自らの譬喩《ひゆ》として）逆手に用いている。

〝木は大きくなると風当たりが強い。同じく、人も名が挙がればつぶされる〟とは、妖怪が投げつけてきた峨眉山に圧しつぶされ、進退に窮した時に悟空があげた悲鳴。

宋代の道書『雲笈七籤《うんきゅうしちせん》』にも、「有名之名、喪我之槖、無名之名、養我之宅」（有名の名は、我を喪《ほろ》ぼすの槖《ふいご》、無名の名は、我を養ふの宅なり）とあり、これと同じ意で悟空は嘆いている（「槖（槖）」は、火の勢いを強めるふいご）。「爲名高者」（名の高きを為す者）はとかく危うい、とは昔からよく言われている。大樹であること、名声があることの良否二面性を、悟空は指摘している。

072 不曾把山神土地、欺心使喚（曽《かつ》て山神土地を把《も》つて、心に欺きては使喚《しくわん》せず）

「欺心」（心に欺く）は、自分で自分を欺き、自分自身に好からぬ考えを懐《いだ》かせること。「使喚」は、呼びつける。先賢の逸話を多く載せる漢代の書『説苑《ぜいえん》』には、「義士不欺心、仁人不害生」（義士は心に欺かず、仁人は生を害せず）とか「義士不欺心、廉士不妄取」（義士は

心に欺かず、廉士《れんし》は妄《みだ》りには取らず）等と見える。「自欺其心」（自ら其の心に欺く）という
ことを、正義清廉の士はしない。

悟空は大地の岩（卵）から生まれている神仙なので、山の神や土地神は地縁つづきで本来悟空の配下にあり、味方である。彼らに対する悟空の人使いは、決して荒くないとは言えないものの、それでも悟空は、一度だって好からぬ考えを懐いて山の神や土地神を呼びつけたりしたことはない。それなのに今、峨眉山を管理しているはずの彼ら「山神土地」が自分に仇《あだ》し、妖怪が悟空に峨眉山を投げつけるのを許している。それは筋が違いはしないか、と悟空は歎く。〝悪巧みのために味方を頼《たの》んだりしたことは、一度だって無いぜ〟、〝こんな時に仇を返されるようなことをした覚えは、一度だって無いぜ〟と。

073 道人見道人（道人道人を見る）（道人道人に見《あ》ふ）

「道人」は隠者、「見」は人と人とが出会うこと。悟空は悪徳道人と対決するために偽の老道人に化け、先ずは相手から情報提供を得ようとする。その際の方便方策として「道人見道人、都是一家人」（道人道人を見れば、都《すべ》て是れ一家の人なり）すなわち〝道人同士であれば同じ考え方、互いに仲良しになれる〟という慣習を利用し、自ら相手と同じ形《な》りをし、

〝同業者ですから、仲間です〟と詐《いつわ》って近づこうとする。

本物の道人同士であると、たとえば宋の呉子文（東窗《とうそう》と号する）という人の「訪隠者不遇」（隠者を訪《と》ふも遇はず）という題の詩には、「道人入山訪道人、山深俗朴鶏犬馴。道人不見道人去、氈毿草木無邊春」（道人山に入りて道人を訪へば、山深く俗朴にして鶏犬馴《な》る。道人道人を見ずして去れば、氈毿《かんさん》たる草木無辺の春なり）と見える（「俗朴」は、純朴）。高度な話が出来る仲とは言え、本物の道人同士というものはお互い孤高の隠者であるから、仲々出会えないこともあるが、理解者同士、気持ちは通じている。悟空は、相手は悪徳ではあっても、高尚な者同士の慣習を利用すれば何とか会えるだろうと見て、事態の打開を謀《はか》ろうとする。

074 葫蘆換葫蘆、餘外貼浄瓶（葫蘆《ころ》もて葫蘆に換へ、餘外に浄瓶《じんぴん》を貼《つ》く）

悟空は、妖怪銀角の持つ、人を閉じ込めるという瓢箪《ひょうたん》（「紫金紅葫蘆」）を手に入れようとし、天を閉じこめると銘打った偽の瓢箪を用意する。そして銀角に、「葫蘆換葫蘆、餘外貼浄瓶。一件換兩件、其實甚相應」（葫蘆もて葫蘆に換ふれば、餘外に浄瓶を貼けん。一件もて両件に換ふれば、其の実《じつ》甚だ相応ぜん）と言って、交換を持ちかける（「餘外」は、おまけ。「貼」は、それを付けてやること。「浄瓶」は、仏教では「じゃうべう《じょうびょう》」または「じんびん」と読み、手を清めるための水を入れる、琥珀《こはく》でできた神聖な浄水瓶）。

〝偽物でも、上等なおまけを付けてやれば本物と取り替えられる。〟

ここにももちろん『西遊記』のテーマの一つである「真仮の弁」の問題が内在している。欺《だま》したり欺されたり、方便を使ったり、その攻防の中で真実の見極めがなされて行く。〝偽者は偽物に心動かされ易い〟、〝怪しげな人は見せかけのものに弱い。〟

075 泰山之福縁、海深之善慶（泰山の福縁、海深の善慶《ぜんけい》なり）

この言葉は本文中では「所謂」（謂《い》は所《ゆ》る）で括られているので、当時からよく使われていた喩えであろう（もともとはお釈迦様の言葉とのこと）。天仙（一説に毘沙門天の子）の哪吒《なた》太子が悟空たちの取経の旅を評した語で、〝旅をすることは、泰山の下《くだ》さった福であり、慈海の下さった贈り物である〟、つまり〝どでかい山や海に臨む旅というものは、それをする価値や意味がある〟の意（なお、「泰山」が「山大」となっている本《テキスト》もある。「泰山」を「海深」と対《つい》にするのであれば、「山大」となる方が通る。〝旅をし、山の大きさと出会い、海の深さを知ることによって、人は真に価値あるものが手に入る〟）。

「山・海」ではなく「人」との出会いの場合であるが、明代の人が「前人之善慶、必垂於後、後人之善福、亦延於前」（前人の善慶は、必ず後に垂れ、後人の善福は、亦た前より延《ひ》く）ということを言っている（「慶」は、気持ちの好い賜り物）。歴史や文化からであれ、からであれ、気持ちの好い贈り物は当然のことながら受け取る者の「福」となる。〝出会った時に気持ちが好いと思える物は、人生にとって価値がある。〟

076 妖精也擡轎（妖精も也《ま》た轎《かご》を抬《かつ》ぐ）

「妖精」は、妖怪。『西遊記』の中で「轎」に抬《かつ》がれるのは、多くは三蔵であり、それなりの人物でなければ駕篭《かごか》舁きを人には頼めない（運転手さん付きとはならない）。それを〝妖怪のくせに駕篭《かご》に乗せてもらえるなんて分不相応だ〟と悟空は揶揄《やゆ》する。〝妖怪も駕篭を担《かつ》ぐことがあるんだ〟、〝妖怪も、年季が入って来ると、不届き千万なことに、高級なかごに乗せて担《かつ》いでもらえるんだ〟の意。

宋の時代の文献の中に、一族の中で貧富の差が出ると、「我富而族貧、則耕田佃地、擡轎負擔之役、皆其族人。豈擇尊長也」（我富みて族貧しければ、則ち田を耕し地に佃《つくだ》し、轎を抬ぐの負担の役は、皆其の族人なり。豈に尊長を択《えら》ばんや）という問題が発生し、一族内の親睦に障害が生ずると指摘したものがある。悟空も「擡轎相送、強如要寶」（轎を抬ぎて相送るは、強《し》ふること宝を要《もと》むるがごとし）と言っている。轎は、抬がれる方はお宝同然に有り難く、抬ぐ方は馬に騎《の》せるよりもはるかに負担が大きい。その負担は安易に人に頼めるものではない。虚勢を張ったり、威張ったりだけの見かけ倒しの人物を駕籠に乗せるとなると尚《なお》さら、顰蹙《ひんしゅく》もの。〝駕籠に担がれる富貴な者の中には、妖怪も居る。〟

077 「物随主便」（「物は主の便《べん》に随《したが》ふ」）↓011

当時の諺（「常言」）で、〝物は元来その持ち主の思い通りに働く〟意。

〝物には、その本来の持ち主の思い通りになるような所があるので、他人の物を手にする際は十分な注意が必要〟と、銀角からその瓢箪を奪い取った悟空は自らに言い聞かせる。

「物」と「主」との関係は、古来あれこれ言われて来ている。物への執着のない仏教では、仏教書の『弘明集《ぐみょうしゅう》』にも「身不久存、物無常主」（身は久しくは存せざれば、物に常主無し）といい、「物」に「主」などいないとする。しかし一般には、たとえば宋の蘇東坡《そとうば》は「夫天地之間、物各有主」（夫《そ》れ天地の間、物には各おの主有り）と言い、元《げん》の陶宗儀《とうそうぎ》という人も「物必遇主」（物は必ず主に遇ふ）と言う。後の清の呉偉業《ごいぎょう》ともなると、「嗟乎、世間奇物、戀故主留取」（あ、、世間の奇物は、故主の留め取るを恋ふ）とまで言っている。「物」には自分から「主」を求め、その意に沿いたがるような所が有るとなると、逆に他人はその物（道具など）を手に入れても、扱いにくいことが起こる可能性を予定しておかないと行けない。悟空の用心深さが見えかくれする。

078 屁股上兩塊紅（屁股《ひこ》上の両塊の紅）

「屁股」は、尻。〝お猿の赤いお尻が丸見え。〟（〝頭隠して尻隠さず。〟）

悟空は逃げる際、我が身を隠そうとして隠し切れず、尻の二つの山が丸見えだと言われてしまうことがある。そこで悟空、さらに「將兩臂擦黑」（両臂《でん》を将《も》つて黒を擦《す》る）すなわち臀部（尻）にお竈《かま》の煤《すす》をなすりつけて隠すという手を使い、何とか逃れようとするが、やはり自分の特徴は隠しにくいもの（〝本性は覆い隠せぬ〟）、上手く行かず、今度はごまかしが下手だとまで言われてしまう。自分の特性（本性）を隠してまで事をなすには、相当な魂胆と詐術が必要である。この語も「真仮の弁」に関わり、嘘をつき通せない悟空がここに居る。（尻尾を隠し損ねた時の「一根旗竿」（一根の旗竿↓016）も同じ意。本性は隠しきれない意も含まれる。）

079 火上弄冰（火上に氷を弄《もてあそ》ぶ）

〝俺様を捕まえるって、そりゃぁ火の上で氷を弄ぶようなもの、出来っこない（持て余しているうちに溶けて見えなくなっちまうぜ）。〟

「火上氷」は、「莫輕喜、莫輕怒、輕喜於人火上冰、輕怒於人鏡前霧」（軽がるしく喜ぶ莫《な》かれ、軽がるしく怒る莫かれ、軽がるしく人を喜ぶは火上の氷、軽がるしく人を怒るは鏡前の霧なり）や、「姻縁如火上氷」（姻縁は火上の氷のごとし）、「恩情如炭火上消氷」（恩情は炭火の上に氷を消すがごとし）等と見え、消えやすいもの、当てにならぬものの喩え。

悟空はまた、自分を捕まえようとすることの不可能を、「水中撈月」（水中に月を撈《すく》ふ）とも言う。「水底撈月」（水底に月を撈ふ）も同じく、井の中に映った月は、どうしたって掬《すく》い取ることは出来ない。悟空という存在をどう捉えるかの問題を含む語でもある（禅語の「水中捉月」は、虚像を真実だと思って尋ね求める無益をいう）。

080 水宿風餐、披霜冒露（水は宿り風は餐《く》らひ、霜を披《かうむ》り露を冒す）↓041、168

〝水辺に宿り、風の中で食事し、霜に降られ、露にまみれるのが、我ら雲水《うんすい》の旅である。〟

出家人、行脚《あんぎゃ》僧にとっては、「靑天爲屋瓦、日月作窗櫺、四山五岳爲梁柱、天地猶如一敞廳」（青天は屋瓦と為し、日月は窓櫺《さうれい》と作《な》し、四山五岳は梁柱と為せば、天地は猶ほ一敞庁《しゃうちゃう》のごとし）、すなわち天地自体が一つの宿や家屋、屋敷みたいなものであるの意。

因みに「四山」は、その地を囲む四方の山。「五岳」（五嶽）は一般に中国の五つの大きな山、岱《たい》山（東岳泰山）、衡山（南岳霍山）、華山（西岳華山）、恒山（北岳常山）、嵩《すう》山（中岳嵩山）をいう。

081 夢從想中來（夢は想中より来たる）

三蔵は旅の途中で山に差し掛かると、登る前からそこには必ず妖怪が居ると決めてかかる癖がついてしまっている。それを悟空は、「未曾上山、先怕怪物」（未だ曽《かつ》て山に上らざるに、先づ怪物《けもつ》を怕《おそ》る）という怖《お》じ気が見させる悪夢であると見る。ものの本にも「古人有言『夢者想也』」（古人に言へる有り「夢は想ひなり」と）とあるように、〝悪夢を見るのは、そのようなことを妄想するから〟であって、「心多夢多」（心多ければ夢多し）、そのことを想《おも》えば、それが夢となる、と悟空は言う（「夢」は、仏教哲学では仮象、非存在であるとされる）。

山中に危険はもちろん存在するが、烏巣禅師の『心經』にも「心に罣礙《けいげ》無ければ、恐怖《くふ》有る無し」と言うように、怖じ気は心の拘《こだわ》りの問題であり、克服できる。そこで悟空、妄想覚

（罣礙）こそ悪夢の原因と見、一つ事に集中するよう三蔵に説き、自分のように「老孫一點眞心、專要西方見佛」（老孫一点の真心は、専ら西方に仏に見《まみ》ゆるを要《もと》むるのみ）という心構えを持つよう、怖じ気克服の対策を講ずるよう、修養を促している。

082 騰騰黑氣鎖金門（騰々《とうとう》たる黒気金門を鎖《とざ》す）

悟空の詠んだ偈《げ》「若是眞王登寶座、自有祥光五色雲。只因妖怪侵龍位、騰騰黑氣鎖金門」（若《も》し是れ真王の宝座に登らば、自ら祥光五色の雲有らん。只だ妖怪の龍位を侵すに因ってのみ、騰々たる黒気金門を鎖《とざ》す）からの語。

〝真っ黒な靄《もや》が城門を覆っている、それは妖怪が王座に就《つ》いている証拠だ〟、「眞王」が玉座に着いていれば、瑞光と五色の雲が城市を照らし、門戸が閉ざされることはない。

王座が乗っ取られるのは、「畜類成精、侵奪帝位」（畜類精と成り、帝位を侵奪す）という事態の発生による。そのような「妖精」（畜類の妖怪）は、時に道人を装って事を運ぶ。そこを悟空、「假變君王是道人、道人轉是眞王代」（仮りに君王に変はるは是れ道人、道人転じて是れ真王代《か》はる）と言って、化けの皮を剥ぎに行く。このことも勿論、『西遊記』のテーマの一つ「真仮の弁」に関わっている。市街に漂う「黑氣」を見て、悟空にはそれが明らかに「仮」だと分かる。社会の様子をどう感じ取り、どう見抜くかである。

083 「拿賊拿贓」（「賊を拿《とら》ふるは贓《かく》したるを拿ふ」）

〝泥棒を捕まえるには、何よりも先ず証拠となる盗品を確保することだ〟という意の当時の諺（仏教書『五燈會元』の「賊以贓爲驗」を踏まえる「常言」）。

「贓」は、「贓盗」（盗むを贓す）の意で、罰則の対象となり、証拠となる。従って「盗賊贓證」（盗賊は証《あかし》を贓す）という事をする。そこで言うまでもない、その「証」となる物を先ず押さえてしまえば「賊」も捕まえられる、と悟空は見る。

「拿」は、「拿捕《だほ》」の意。「擒拿賊徒」（賊徒を擒《とら》へ拿ふ）や「緝拿賊盗」（賊盗を緝《とら》へ拿ふ）等という時の「拿」に同じ。悟空は「真仮の弁」に当たっては、この「常言」の引用に明らかなように、必ず証拠主義を採ろうとする（↓196）。

084 妖精有件寶貝、萬夫不當之勇（妖精に件《くだん》の宝貝《はうばい》有り、万夫も当たらざるの勇なり）

「妖精」は、妖怪、魔物。〝妖怪は、万人でかかっても負かすことの出来ない、例の勇猛果敢というお宝を持っている。〟（「件」は、数量詞。「一件」の意。）

勇気も、陣を張って敵に抵抗する軍隊の勇気、虎を懼《おそ》れない狩人の勇気、水を懼れない漁師の勇気、作麼生《そもさん》と道を問うことを畏れない禅僧の勇気等、さまざま有るが、妖怪の勇気は「宝貝《たからもの》」（物）であるから、逆にいうと奪うことが出来る。したがって、その勇猛果敢を何とか策を講じて挫《くじ》いてしまえば、妖怪は退治できる、と悟空は考える。↓186

「宝貝」は『西遊記』に頻出するが、ここでの悟空は、勇猛果敢という妖魔の「宝貝」を、物として具象化して見ている。幾つかに分割したり、遣り取りできたり、物であるから手玉にとって扱える。そのように、心理的《メンタル》な抽象概念も、物であると見れば如何とも出来る。ただし妖怪のそれは、文字通り彼らの「宝貝」であるから、何重もの化けの皮で被われている。それを一枚一枚剥いで行かないと、奪い取ることは出来ない。「恐怖」心の無い妖怪を退治することの難しさをいう言葉にもなっている。（「宝貝」は武器の意もある。）

085 以長欺幼、不象模様（長を以て幼を欺くは、模様を象《かたど》らず）

〝年輩・年長者であることを好いことに、若輩・年少者を欺くのは、様にならない。〟

「不象模様」は、あり得《う》べき容貌や形《な》り、あり得べき状況や光景でないこと。「不象様」（様を象らず）ともいう。「不象話」（話を象らず）といえば話にならない意であるのと同様、様にならないこと。年長者のすべきでない事をやらかてしまえば、極めて不様《ぶざま》である。儒家のいう「長幼の序」を守るのであるなら、「長」が「幼」に負う責任というものが有る。それに背けば、下克上という厄災が生ずる、と悟空は見る。

明の占卜《うらない》（術数）の書『六壬大全《りくじんたいぜん》』には、「蓋上爲尊、下爲卑。三上克下、則長欺幼、勢必遭厄、爲幼度厄。三下賊上、則長不正、幼乃凌長、爲長度厄」（蓋《けだ》し上は尊しと為し、下は卑《いや》しと為す。三たびの上の下に克てば、則ち長は幼を欺き、勢ひ必ず厄に遭ひ、幼度厄と為す。三たびの下の上に賊すれば、則ち長は正しからず、幼乃ち長を凌《しの》ぎ、長度厄と為す）とある（六壬占いでは、「上」はその道具の天盤の干支、「下」は地盤のそれであるから、例えば、三回天盤を動かして、三回とも地盤の干支に克った場合は、長が幼を欺く「幼度厄」という災いが起こる兆しとなる、云々。書名の「六壬」は、みずのみずのえ）。

086 八戒按摸揉擦（八戒の按摸揉擦《じうさつ》）

〝八戒の按摩は、体内の孔《あな》を開き、気を通わせてくれる〟、〝瀕死の状態の時に八戒にさすられると、幸いなことに息を吹き返す。〟

『西遊記』の本文には、悟空「氣阻丹田、不能出聲。卻幸得八戒按摸揉擦、須臾間、氣透

三關、轉明堂、沖開孔竅」（気丹田を阻《はば》めば、声を出《い》だす能はず。卻《かへ》つて幸ひに八戒の按摸揉擦を得て、須臾の間、気三関を透《とほ》り、明堂に転じて、孔竅《こうけう》を沖開す）とある。すなわち、妖魔紅孩児《こうかいじ》の「三昧眞火」の煙に燻《いぶ》されて氷の川に落ちてしまった悟空、冷水に体温を奪われ気を失うが、当《あ》てにならないはずの八戒にさすられ、息を吹き返す。「放屁添風」（→158）と同じく、「八戒按摸」も無いよりはずっと増しな（実は、水に弱い悟空には無くてはならない）救護、意外な底力の発揮による手助けとなることをいう（『西遊記』中では、八戒の存在意義を語っている。八戒はもともと水神であり、天河十万の水軍の総帥天蓬《てんほう》元帥であるから、水難救助はお手のもの）。

087　**假中又假、虛裏還虛**（仮中又た仮、虚裏還《ま》た虚なり）

〝偽物《にせもの》のそのまた偽物を作ってうまいこと誤魔化《ごまか》してやれば、妖怪は退治できる。〟

妖怪は自らがそうであるから、虚仮《こけ》のものに気を取られやすい。一つの偽物で気を引き、その間にもう一つの偽物でその嘘を上塗りしてやると、妖怪は脆くなり潰《つぶ》れやすくなって、退治できる、と悟空は断言する。

漢代の書『韓詩外傳《かんしげでん》』に、「夫實之與實、如膠如漆。虛之與虛、如薄冰之見晝日」（夫《そ》れ実《じつ》

の実と与《とも》にするは、膠のごとく漆のごとし。虚の虚と与にするは、薄氷の昼の日を見るがごとし）とあるように、嘘を嘘で塗り固めたものは、真昼の太陽に照らされる薄氷のように、この上無く脆弱《ぜいじゃく》である。しかし、邪念に凝り固まっている張の本人である所の妖怪はそのことに全く気づかず、逆に確かなものと見てしまう。自分自身だまされ易くなる。この言葉も「真仮の弁」という『西遊記』のテーマの一つに沿っている。（妖怪でなく、一般の善良な人でも要注意。）

088 家長禮短、少米無柴（家の長き礼《うち》の短きなり、米少なく柴無きなり）

紅孩兒《こうかいじ》の父親（牛魔王）に化けた悟空が、それと疑う紅孩兒から真の父親しか知り得ぬ家庭内のあれこれを聞かれ、化けていることを気づかれそうになった際に思いついた一言。〝それは家の中の些細なこと、米が少ないの、薪が無いのといった類の話だ（気に留めないで好い）。〟一種の方便。

「家長禮短」は、「家長裏短」、或いは「家長裡短」、「家長理短」とも書き（中国語では、「禮」は「裏」や「里」と同音）、「家長里短諸般事」（家の長き里《うち》の短きは諸般の事なり）、すなわち家庭内に於ける日常茶飯のあれこれ、問題にしても仕方のないごたごた（長短）を意味する。悟空はそう言って「信口捏膿」（口に信《まか》せて膿を捏《こ》ぬ）ことをし、核心を躱《かく》そうとする（「捏膿」は、誤魔化す、仮りの話をしておく、話を捏造《ねつぞう》すること）。

「少米無柴」は「少米無薪」に同じく、たとえば元《げん》の呂《りょ》思誠という人の「寄内」（内《つま》に寄す）という詩に「少米無柴休懊悩」（米少なく柴無きも懊悩するを休《や》めよ）とあるように、本来は文字通りの日常の生活苦をいう。

089 蜻蜓撼石柱（蜻蜓《せいてい》石柱を撼《うご》かす）

「蜻蜓」は、トンボ。〝自分の止まる石の柱を揺さぶり動かそうとするトンボ〟の意。

〝それはトンボが石柱を揺さぶり動かそうとするようなものだ〟とは、七つの海の水すべての入った菩薩様の瓶を持ち上げようとするのと同様、悟空でも出来ないことをいう。全《まっと》うな権威に立ち向かうようなことを敢えてやれば、それは身のほど知らず、と相成る意。

明の太祖朱元璋《しゅげんしょう》の「紀夢」（夢を紀《しる》す）という文章の中に、戦うさまの喩えとして、「如蚍蜉之撼石柱」（蚍蜉《ひふ》の石柱を撼かすがごとし）という表現が見える。どう足掻いたって勝てっこない意。「蚍蜉」は、身のほど知らずの大アリをいい、唐の韓愈《かんゆ》の詩に「蚍蜉撼大樹」（蚍蜉大樹を撼かす）とあるのを踏まえる。アリも大樹は揺さぶり動かせない。それと同様、トンボも石柱を揺さぶり動かせない。悟空にも無理なことは有る。（仏教の優位をいう。）

090「不看僧面看佛面」（「僧面を看ず仏面を看よ」）

悟空が観音菩薩に三蔵の苦難を救ってくれるよう頼む際に引用した「古人」の言葉。〃ほんとうに救って下さるお積もりなら、ただの坊主頭の方（自分）ではなく、情があり仏心のあるあの御方（師父、三蔵法師）です〃、〃いま価値のあるのは、あちらです。〃

明の李維楨《いてい》という人の「修杭州天竺寺疏」（杭州の天竺寺を修むるの疏《そ》）という文章には、寺を修繕しようとする気持ちが述べられ、「願他心即是我心、破慳入道、看佛面亦看僧面、隨意結緣。散有限財、爲無量福、修今世果、作後生因」（願はくは他心は即ち是れ我が心、慳《を》しむを破りて道に入り、仏面を看亦《ま》た僧面を看、意に随ひて縁を結ばんことを。有限の財を散じて、無量の福と為し、今世の果を修《しゅ》して、後生の因と作《な》さん）とある（「慳」は、ものの惜しみ、けちる）。仏教語としての「佛面」は、情けある人の表情を言う。

本来ならば「仏面」か「僧面」かのどちらか一方ではなく、両面とも拝み、仏の意のままに結縁《けちえん》できることを願うのが仏徒のすべき事である所を、悟空は急場しのぎにそれを観音様に向け、より価値のある方にお情けをかけてくれるよう頼んでいる。（宋の趙閲道という人は「半看佛面」（半ば仏面を看る）と言う。）

091　觀音扭（観音扭《しば》り）

〝観音様の法力に遭《あ》うと、身動きができなくなるぜ〟、〝金縛《かなしば》りさ。〟

「杻《ぢう》」は、『法華經《ほけきょう》』の中の観音様の教えを説く普門品《ふもんぼん》（『觀音經《かんのんきょう》』）に「杻械枷鎖、検繋其身」（杻械《ちうかい》枷《か》鎖《さ》もて、其の身を検縛す）とあり、またその偈《げ》にも「或囚禁枷鎖、手足被杻械」（或《あるい》は枷鎖に囚禁せられ、手足は杻械を被《かうむ》る）と詠まれている。人とは皆、囚人のように首枷《かせ》あるいは手枷足枷を嵌《は》められ、難儀するものであると言う。それは、自らの業《ごう》により齎《もたら》される。いわゆる仏教にいう「七難」の一つ「枷鎖難」の繋縛に遭《あ》う。

『西遊記』ではそれが直接観音様により齎《もたら》される。身の程も知らずに観音菩薩に化け、悟空も手に負えない紅孩兒《こうかいじ》（牛魔王の息子）に対し、観音様が怒り、この「觀音扭」という罰を与える。観音様は本来、「南無観世音菩薩」と一心称名すればその繋縛を解いてくれるというが、罰則として直《じか》に課された繋縛は、厳しい「観音《（かな）》しばり」となる。結局紅孩兒は、重大な「仮」を弄び、悟空の言った通り、自身の業の深さを思い知らされることになる。

092 祛褪六賊（六賊を祛褪《きょたい》す）

路の途中で水の音が聞こえただけで妖怪だと心配する、例の心配癖の三蔵に対し、その怖《お》じ気《け》を取り除こうと、悟空は再び烏巣禅師から授かった「心」の在り方『般若心經《はんにゃしんぎょう》』の講義をする。「我等出家之人、眼不視色、耳不聽聲、鼻不嗅香、舌不嘗味、身不知寒暑、意不存妄想。如此謂之祛褪六賊」（我ら出家人は、眼は色を視ず、耳は声を聴かず、鼻は香を嗅《か》がず、舌は味を嘗《な》めず、身は寒暑を知らず、意は妄想を存せず。此《か》くのごとき之《これ》を六賊を祛褪すと謂《い》ふ）と。（↓063）

仏教の「六賊」は、内の「六根」、「六入」、「六處」ともいい、「眼、耳、鼻、舌、身、意」六つの感覚器官。そこに入ってくるものを外の「六境」、「六塵」といい、「色、声、香、味、触（寒暑）、法（印象、妄想）」の六つを指す。「祛褪六賊」は、『般若心經』の「無眼耳鼻舌身意」に同じ（「祛褪」は、除去する、無くす意）。

〝師父の耳は声（音）という現象を聴いてしまう（したがって塵を取り入れてしまう）ので、怖じ気が生ずるのです。耳で音を聴くことを止めさえすれば好いのです〟とは言え、修行の成っていない凡胎の三蔵には、それは容易ではない（『般若心經』に「心に罣礙《けいげ》無ければ、恐怖《くふ》有る無し」とある。「恐怖《おじけ》」の克服は『西遊記』中に於ける三蔵の重要課題）。

093「功到自然成」（「功到れば自然と成る」）

「功到自然成也」という決定の「也《なり》」が句末に付く言い方もある。当時の諺（「常言」）。

三蔵は旅の途中で望郷の念に駆られ、「思郷難息」（郷《さと》を思ふこと息《や》み難し）、すなわち「帰りたい、帰りたい」と嘆くことがよくある。それを悟空は「修行が辛い」との意にとり、「三三行滿、有何難哉」（三三の行《ぎやう》満つれば、何の難きことか有らんや）と諭《さと》し、しかる後に続けてこの諺を引き、三蔵を励ますことになる。〝九つの修行が済んだ暁《あかつき》には、帰郷も叶ってますよ。〟

明の学問のひと陸深は、「蓋經義治事之學、非可責効旦夕之間、日久功到、庶幾有成」（蓋《けだ》し経義治事の学は、効を旦夕の間に責むべきに非ず、日久しくして功到れば、成る有るに庶幾《ちか》からん）という。事というものは、修行にせよ学問にせよ、速成がならないと日々嘆くよりも、その都度やるべき事を一つ一つこつこつとこなして行くことで、自ずと出来上がる、と悟空も三蔵を励ます。

094 旁門小法術（旁門の小法術なり）

悟空は怪しげな道士の「呼風喚雨」（風を呼び雨を喚《よ》ぶ）という術を、「是旁門小法術耳」（是れ旁門の小法術なるのみ）と言ってけなす。「旁門小法術」は、「旁門小法」、「旁門小術」、「旁門小技」等ともいい、〝妖術の中でも亜流別派の妖怪の使う出来損《そこ》ないの術〟、〝大して役立ちはしない、見せかけだけのまがい物〟の意を含む。妖術とは言え、やはり『西遊記』のテーマの一つである「真仮の弁」に関わる語であるといえる。

漢代の道書『周易参同契《しゅうえきさんどうけい》』にも、「旁門小術、其法繁難、易遇而難成」（旁門の小術、其の法は繁難、遇《あ》ひ易くして成り難し）等と見え、やはり役立たない小技をいう。また、詩話の『滄浪詩法《そうろうしほう》』には「看詩當具金剛眼睛、庶不眩於旁門小法」（詩を看るは当《まさ》に金剛の眼睛を具《そな》へ、庶《こひねが》はくは旁門の小法に眩《まど》はされざるべし）等と見え、とっつき易い「小法術」に誤魔化されないよう、詩を鑑賞する安直でない批評眼を養うよう注意を促している（「旁」を「傍」に作る本《テキスト》もある）。〝小技には用心、本物でない可能性が大である。〟

095 「單絲不線、孤掌難鳴」

（「単絲《たんし》は線たらず、孤掌《こしゃう》は鳴り難し」）

『西遊記』の随処でよく使われる当時の諺（「常言」）。〝一人では無理だ〟の意。

「線」は、その前に否定の副詞「不」が付いているので、生糸をよる意の動詞として用いられている。「単絲」は、よっていない一すじの生糸であるから、一すじの生糸だけでは数本でより合わせた一本の糸のような強度はない、〝単独では用をなさない〟意。

「孤掌難鳴」も、もとは『韓非子』に「一手獨拍、雖疾無聲」（一手独《ひと》り拍《う》つは、疾《つよ》しと雖も声無し）とあるのに拠《よ》り、仏教書の『景德傳燈録《けいとくでんとうろく》』では「獨掌不浪鳴」（独掌は浪《ほしい》ままには鳴らず）という。その後、「孤掌難鳴、一事不可爲」（孤掌は鳴り難く、一事は為すべからず）、「孤掌之鳴、可不甚畏」（孤掌の鳴るは、甚だしくは畏《おそ》れざるべし）等と用いられるようになる。〝片手の掌《てのひら》だけでは打っても音は鳴らない。〟「単糸」「孤掌」ともに、いざという時の悟空の戦法は単独ではない（仲間や助っ人を当てにする）ことを表す。

096 流星趕月、風捲殘雲（流星は月を趕《お》ひ、風は残雲を捲《ま》く）

この「流星」云々の句は、明の『雍熙樂府《ようきがふ》』という曲の詞華集《アンソロジー》にも「流星趕月朔風疾」（流星は月を趕《お》ひ朔風は疾《と》し）、「流星赶月如飄蕩」（流星月を赶《お》ふこと飄蕩たるがごとし）等と見える（「赶」は「趕」に同じく、追っかける意）。また「風捲」云々の句は、元《げん》の段平章という人の夫人である高氏の「玉嬌枝《ぎょくきょうし》」という詞《ツー》に「風捲殘雲、九霄冉冉」（風は残雲を捲き、九霄冉々《きゅうしょうぜんぜん》たり）と見え、風が雲をすっかり追いやり、空が次第に晴れ渡る様子が詠まれている（様相が一転するさま）。

〝月が落ちて光が消え、流星もまたそのあとを追って落ちてしまい、空には光のかけら一つ残らず、さらに風が雲を追いやって、空には何一つ残っていない。〟すっからかん。

ここの「流星」云々は、『西遊記』では〝卓上に盛られた料理をすっかり平らげてしまい、何も食い残さない〟様を喩えたものであって、〝たらふく食う〟の意がある。

097 花瓶臊溺（花瓶の臊《くさ》き溺《ねう》）（花瓶の臊溺《さうねう》）

「臊《さう》」は、アンモニア臭がすること。「溺《ねう》」は、ゆばり《いばり》、小便。悟空は、僧侶を迫害する道士（妖怪の化身）を懲らしめるために、美しい花瓶に自分のおしっこを入れ、それを道士が珍重する金丹と同じく不老長生を約束する「聖水」だと偽り、道士たちに飲ませる。

度の過ぎた悪ふざけ《トリックスター》のようだが、その後、悟空は決して騙したままで終わらず、おまえたちが飲んだのは「都是我一溺之水」（都《すべ》て是れ我が一溺の水《ばり》なり）（「水」を「尿」に作る本《テキスト》もある）と種明かしし、美しい花瓶の中味は聖水だとは限らない、思い込みで騙されてどうする、と聖水を有り難がる悪習を改めさせようとする。

道士たちは、見せかけや上っ面な言葉に自分が騙されてしまうのはどうしてか、身を以て思い知らされることとなり、ここでも悟空は「真仮の弁」を問題提起していると言える。

「花瓶の臊溺《さうねう》を撒く」ともいい、〝美しい瓶の中に入れたおしっこを有り難い聖水だと言うと、妄信するだけの者はだまされ有り難がる〟の意。

098
「強龍不壓地頭蛇」（「強龍も地頭の蛇を圧せず」）

車遅《しやち》国に於ける道教対仏教の対決で雨乞いを競うことになった悟空、相手の虎力大仙が自分から先に雨乞いの壇上に登ろうとするのを見て、「更不讓遠郷之客」（更に遠郷の客に譲らず）、「更不讓我遠郷之僧」（更に我ら遠郷の僧に譲らず）と言ってアウェイの者に対する非礼《アンフェア》を咎《とが》めた後、併《あわ》せて当時の格言であろうこの「強龍……」云々を引用する。

地元有利に対する当て擦《こす》りであり、〝どんなに強くったって、地元の有力者とくれば、かなわないや〟の意。「強龍」は悟空自身を喩え、「地頭の蛇」は車遅国の雇われ道士である大仙たちを喩える。

龍と蛇は、経書『儀禮《ぎらい》』の注釈に「聖人喩龍、君子喩蛇」（聖人は龍に喩《たと》へ、君子は蛇に喩ふ）とあり、もともと聖人と君子に喩えられるが、漢の劉邦と項羽の争い等に喩えられて以来、勝敗を伴う敵対に喩えられたりもする。「龍蛇争霸王」（龍蛇霸王を争ふ）、「中原不息龍蛇戰」（中原息《や》まず龍蛇の戦ひ）といった詩句や、「龍蛇戰闘之勢」（龍蛇戦闘の勢ひ）、といった語句もある。仏教で「龍蛇混雑」（龍蛇混雑す）と言えば、善悪混在の意。「龍蛇易辨」（龍蛇は弁じ易し）は、資質の異なる修行者をいう。

ここは、ふつう勝者となり得る龍も、敗者となるはずの蛇を押さえ込めない、〝地の利のある地元の有力者は押さえ込めない〟意。

099 騰挪天下少（騰那《とうだ》たるは天下に少なし）

「騰挪（騰那）」は、応用力がある、やりくりが上手い、の意。この句は、『西遊記』本文では「伶俐世間稀」（伶俐《れいり》なるは世間に稀れなり）と対句になっていて、切り盛りが上手く、融通の利《き》く悟空の能力を高く評価する語として使われている。〝やりくり上手、利発であることといったら、悟空ほどの者は滅多にいない〟。

その他、「七十二變神通大、指物騰那手段高」（七十二変神通大なり、物を指すは騰那にして手段高し）とか「大聖騰那弄本事」（大聖騰那にして本事を弄す）とか「縦有騰那」（縦《ほし》いままに騰那たるあり）等々、悟空に対する褒め言葉として『西遊記』中に頻出する。

（「挪」字を「那」字に作る別の本《テキスト》もあるが、「那」も「挪」に同じく、「挪移」すなわち、移したり動かしたりすること。「挪用」と言えば、これをあっちで使う、流用する、援用する意。方便など、悟空はそのような能力が極めて高い。）

100 拿出臟腑、洗淨脾胃（臓腑を拿《つか》み出《い》だし、脾胃を洗浄せん）

悟空が処刑されようとする場面でのこと、悟空は自分の腹わたを自ら取り出し、きれいに洗い清めたいと言い出し、しかも実際にそのように《（トリックスター）》にして見せる。悟空のこと、もちろん死ぬことは無いが、処刑を命じた車遅国王は逆に驚き、悟空を釈放することになる。

『西遊記』本文には、「正欲借陛下之刀、剖開肚皮、拿出臟腑、洗淨脾胃、方好上西天見佛」（正《まさ》に陛下の刀を借り、肚《はら》の皮を剖開し、臓腑を拿《つか》み出《い》だし、脾胃を洗浄せんと欲すれば、方《まさ》に西天に上りて仏に見《まみ》ゆるに好からん）とある。〝陛下、あなたの刀をお借りし、我が腹の皮を割《か》っ切り、腹わたを取り出し、それを洗い清めれば、西方浄土に参り、仏様に会うのに好都合でござんす〟、〝私は仏様に恥じる事の毫も無い人間なのですよ。〟

道士への仏僧からの当てつけにもなっている言葉であるが、人は、全てを洗いざらいさらけ出すという、命がけの潔さと覚悟（と仏への信心）を見せつけられると、逆にあっけにとられ、太刀打ちできなくなって（罰則を与えるのを放棄して）しまうのだろうか。

101 因見氣數還旺、不敢下手（気数の還《ま》た旺《さか》んなるを見るに因《よ》り、敢へて手を下さず）

妖怪魔物を潰《つぶ》そうとする時、その者の「気数」を見て取り、それが残り少なければ可能であるが、残りが多ければ、潰すのは困難である、と判断することを言う。〝余力のある奴には、手を出さない方が好い〟、〝運気の旺盛な者に、手は出せない〟（「還」は、さらに、もっと、の意）。悟空の一つのものの見方、判断の仕方を表している。

そもそも「気数」とはどのようなものなのか。『黄帝素問《こうていそもん》』という本の中で、名医の岐伯《きはく》が「氣數者、所以紀化生之用也」（気数とは、化生の用を紀《しる》す所以《ゆゑん》なり）と言っている。どういうことかというと、それに関しては唐の王冰という人の注釈があり、「所謂氣數者、生成之氣也。……天地之生育、本阯於陰陽、人神之運爲、始終於九氣」（謂《い》は所《ゆ》る気数とは、生成の気なり。……天地の生育は、陰陽に本阯《もとづ》き、人神の運為は、九気に始終す）とある。つまり「気数」とは人にそなわる「九気」（九素）の持つ力による運気のことであって、それは万物の根源である「始気」、「元気」、「玄気」の三気から生成され齎《もたら》される所の、「浩気」、「景気」、「炎気」等、九つの気を言うとのこと。要は〝そやつの元気や景気や意気や覇気がまだ残っている間は、手を出さない方が好い〟と、悟空は言っている。

102 帯月披星、餐風宿水、有路且行、無路方住

（月を帯び星を披《かぶ》り、風を餐《く》らひ水に宿り、路有れば且《まさ》に行かんとし、路無ければ方《まさ》に住《とど》まる）→041、080

悟空ら三蔵一行の雲水《うんすい》の旅（行脚《あんぎゃ》）をいい、出家人の在り方をも含む。〝月夜の道、星空のもと、風ふく中で食事し、水辺に泊まり、道が有れば歩き、道が無くなればそこで泊《と》まる、それが行脚僧の旅である〟（「方」は「はじメテ」と訓《よ》むこともできる）。

逆に在家の者であれば、「温床暖被、懐中抱子、脚後蹬妻、自自在在睡覺」（温かき床に暖かき被《ふすま》、懐中に子を抱き、脚後に妻を蹬《ふ》み、自々在々睡覚す）すなわち、〝温かい寝床、暖かい蒲団、子供を抱き、妻を添わせ、自在に眠りに就《つ》く〟となる（「蹬」には、足で踏む、靴を履く等の意味がある。「睡覚」（覚《かく》を睡《ゐ》ぬ）は俗語で、「飯吃不進、覺睡不好」（飯は吃《く》らひて進まず、覚は睡ねて好からず）とも言うように、ねむる意）。在家の人とは反対に、雲水の旅は、係累があるのとは別の苦労（修行）を伴う。

103 「鶏兒不吃無工之食」（「鶏児《けいじ》は無工の食を吃《く》らはず」）

当時の諺（「常言」）。〝ニワトリは働き者、働かずして餌を啄《ついば》むことは無い。〟ニワトリは餌をもらえば、必ず卵を産む。人も同様、〝食をふるまわれたら、その人の役に立つことだ〟、恩返しが出来なければ、ニワトリにも劣る、と悟空は当時の決まり文句を引用して言う。そう言われると、ただ貪欲な自分があるだけではなく、人との関係を思い、義理を果たさないわけには行かなくなる（「工」は、仕事）。

明《みん》の池本理《ちほんり》という人は、ニワトリは決まって時を報《しら》せるし、餌を啄む時は必ず仲間を呼ぶ等々、いわば信や義に厚い等の、併せて五つの徳をそなえていると言い、続けて「故曰『鶏不食無工之祿』」（故に曰く「鶏《とり》は無工の禄を食《は》まず」と）と結論づけている。

104 雪景自然幽靜（雪景は自然と幽静なり）

雪景色《ゆきげしき》と出会い、悟空は〝雪景色はおのずと幽静なる趣きがある〟と言った後、なぜそのように思えるのか、その意味について、「一則遊賞、二來與師父寛懐」（一は則ち遊び賞《め》で、二より来《こ》のかたは師父と懐《おも》ひを寛《くつろ》ぐ）と続けている。〝雪景色は、自分ひとりで弄《め》でて遊ぶことができるし、二つ目には師父とともに互いの心を寛がせることもできる〟と。雪景色は鑑賞に堪《た》え、かつ自分のみならず人との関係も寛がせる。悟空は三蔵の気持ちに添うようつとめ、かつ仲々の風流人でもあることが窺える。

「自然幽静」は、経書である『易經《えききょう》』の注釈にいう「動静相因處、自然幽明代謝」（動と静の相因る処、自然と幽と明と代謝す）に由来し、風景は「動」であれば「明」であり、「静」であれば「幽」（かそけし、奥深し）である。後、宋の郭印という人が詩に「禪扉塵不雑、景趣自然幽」（禅扉は塵雑《まぢ》はらず、景趣は自然と幽なり）と読むように、禅の境地でもある。

元《げん》の高徳基という人は、「樹石自然幽勝」（樹《き》と石は自然と幽勝なり）と言っている。雪景色だけでなく、木々や岩石の景も、もちろんおのずから「幽」なる趣き、奥深い静かさを具《そな》え持っている。悟空は総じてそのような心寛ぐ趣きを理解する（↓054）。

105 走三家不如坐一家（三家を走《ゆ》くは一家に坐《ゐすわ》るに如《し》かず）

〝何軒も探し回って入手するよりは、一軒でねばれ。〟すぐに諦《あきら》めて他を探し回るより、最初に決めた所で粘って強く交渉し、何とかしてもらう方が、好い結果が得られる。もともとは商売用語らしい。「一客不煩二主」（一客は二主を煩はさず）にほぼ同じ（↓010）。

唐の詞人温庭筠《おんていいん》の『乾巽子《かんそんし》』という本に、「蕭俛《しょうべん》『熱風』を患ふ」という話が載っている。唐の貞元年間のこと、蕭俛という人が熱が出たので、医者の王彦伯先生を訪ねたところ、誤って隣の鄭雲逵《ていうんき》という人の家に入ってしまった。医者ではない雲逵はそれと分かったが、敢えて延《ひ》き入れ、症状を訊《たず》ねて脈を診《み》、「これは『熱風』を患ってますな」（「熱風頗甚」）と言った所、薬の処方を請われたので、「薬は、お隣の王彦伯先生にお願いするのが宜しい」（「薬方即不如東家王供奉」）と告げたという。蕭俛は驚いてすぐに立ち去り、もはや王先生を訪ねようともしなかったという。以来、都では適切さを欠く者を「熱風」と言うようになったというが、ただ、粗忽とは言え、蕭俛は鄭雲逵の家一軒にのみ止まったことで診断は適っている。そのことから、「蕭俛『熱風』を患ふ」は結果的に〝一軒でねばれ〟（走三家不如坐一家）が功を奏した話としても知られるとのこと（隣の王彦伯にまで迷惑を掛けなくて済んだ、という意を含む。「熱風」は、風邪による発熱）。

106　淘米下鍋、不知是虚是實

（「米を淘《と》ぎて鍋に下す」は、是《こ》れ虚なるか是れ実なるかを知らず）

施しをもらえるのかどうかを見極める際の判断の仕方をいう。〝「ご飯はこれから（米をとぎ、鍋にかけて、これから）炊く所なのです」と返してくる人は、飯を食べさせてくれるのかどうか、分からない。〟「是虚是實」は、「不察其有邪無邪、是虚是實」（其の有るか無きか、是れ虚なるか是れ実なるかを察せず）という言い方をする時の、それ。「準備中」とある場合は、やってくれるのかどうか、本気か嘘か曖昧だ、の意。

「虚実」の判断をどこでどう下すのかを考えるのも、『西遊記』のテーマの一つ。他人がこちらをどう扱ってくれるのか、そのもの言いをはじめ、もてなし方、あしらい方等を観察すれば、それは自ずと分かる。〝ご飯を出したくないと内心でしぶっている人は、「いま炊こうと思っていた所です」と言い訳する〟と悟空は見る。有耶無耶《うやむや》な様子を放っておかず、相手の心中を推し量った上で、実際はどうなのか、確かめてみる必要がある。

107「道化賢良、釋化愚」（「道《だう》は賢良に化し、釈《しゃく》は愚に化す」）

これも当時の諺（「常言」）。「化」は、仏教で化斎《けさい》・化茶《けさ》という時の「化《け》」で、お斎《とき》を勧め施す意。〝道教では賢者に飯を施し、仏教では愚者に飯を施す。〟逆に言えば、〝誰から施しを受けられるかは、相手が道家か釈氏か、自分をどう見ているかを見極める必要がある。〟愚者には施さない相手に愚者と見られている自分が施しを乞うても、それは無理というもの。道教対仏教の諍いの中で、悟空は両者の在り方のちがいを、この言葉で指摘している。

釈氏は、たとえば仏教書の『五燈會元《ごとうえげん》』に「佛性平等賢愚一致」（仏性は平等にして賢愚一致す）とあり、さらに「祖愍其愚」（祖は其の愚を愍《あはれ》む）、「敢望慈悲、開示愚昧」（敢《あへ》て慈悲を望みて、愚昧を開示す）等とあるように、仏の慈悲に基づいて愚者を救おうとする。他方、道家は、たとえば道書の『雲笈七籤《うんきゅうしちせん》』には「道爲賢者施、不爲愚者作」（道は賢者のために施し、愚者のためには作《な》さず）とあり、また「智者作法、愚者制焉。賢者更禮、不肖者拘焉」（智者は法を作り、愚者は焉《これ》に制せらる。賢者は礼に更《あらた》め、不肖の者は焉《ここ》に拘《とら》へらる）等とあるように、哲理のわかる賢者との交流を奨励する。

もちろん賢愚の概念そのものが道家と釈氏とでは異なるのではあるが。

108 以心問心、自張自主（心を以て心に問ひ、自ら張《ほこ》り自ら主《つかさど》る）→068、134

「自張自主」は、主張する意と主体的に考える意とがあるが、ここは後者を採りたい。悟空は〝自分自身の心で考えてこそ、自分が主体的になれる〟と言い、自らの主体性のために「以心問心」ということをしている。であるからこそ、「真仮の弁」も迷わない。

明の著名な画家である沈《しん》石田が、「鳩一聲時鵲一聲、鳩能喚雨鵲呼晴。老天亦自無張主、半日晴來半日陰」（鳩一声の時鵲《かささぎ》も一声、鳩は能く雨を喚び鵲は晴れを呼ぶ。老天亦た自ら張主する無く、半日晴れ来たりて半日陰る）という面白い詩を詠んでいる。天に主体性がないと、晴れたり雨が降ったりとどっちつかずの天気になると戯れているが、真仮をはっきり弁別したい悟空も、決定に際し、人の声に左右され、どっちつかずであったり逡巡したりは、好まない。（因みに「主張」であれば、『荘子《そうし》』天運篇に「孰主張是、孰維綱是」（孰《いづ》れか是《これ》を主張し、孰れか是を維綱す）と見えるように、もともとは主宰する意。「張主」の意と近似してはいる。「維綱」は、繋ぎ止め維持すること。）

109 不知是要蒸、要煮、要晒

（是れ蒸すを要《もと》むるか、煮るを要むるか、晒《さら》すを要むるかを知らず）

三蔵一行の行く手に魔の手が迫り、警戒心を強める時に発する語。妖怪が師父（三蔵）を取って食おうと手ぐすねを引いて待っている時に、悟空は「一路凶多吉少」（一路凶多く吉少なし）と言い、続けてこの語を発している。〝蒸して食われるか、煮て食われるか、はたまた干物《ひもの》にされるかは、現段階では分からぬ、相手がどのように出てくるのか、警戒を要する〟、〝煮るなり焼くなり、勝手にされるかもな。用心、用心。〟

儒者の『易《えき》』占いに於ける卦《け》に関し、「既済吉少凶多、未済吉多凶少」（既済は吉少なく凶多し、未済《びせい》は吉多く凶少なし）というのがある。占いで既に成ってしまっていると出れば

「凶多吉少」と見、凶事の発生を予定する。悟空たちの旅の「一路」は、吉凶の多寡で判断すると、易占でいう「既済」の卦が出ているのに等しい。このさき取って食われるかも、と凶事の訪れを予定していれば、予め備えも出来る。その分、あとあと吉と出よう。

110 上天兇星、思凡下界（上天の兇星は、凡《ぼん》なるを思つて界を下る）↓060

〝天上界（≒官界）のはみ出し者は、好からぬ思いを懐いて天下りする〟と悟空は言う。この「思凡下界」は、『西遊記』に頻出する。天上界で俗っぽいことを考えた者は、妖怪となって下界に降りてくる。自ずと下界でもまたその凡俗なことをやらかす。それが悟空たちの行脚《あんぎゃ》の邪魔をし、障《さわ》りとなる（「下界」は、名詞と動詞がある。ここは動詞）。

「兇星」（「凶星」）は、予《あらかじ》めそれと分かるものなのか。「妖星」という言い方ではあるが、星占いでは「妖星……殊形異状、凶多吉少」（妖星は……形を殊にし状を異にし、凶多く吉少なし）という。「凶星」も同様、最初から異様であれば、結構見分けがつき、見抜けるものなのかも知れない（いかにも凡俗に見える人たち、ということになろうか）。

111 「瓜熟自落」（「瓜は熟せば自ら落つ」）

古人の言葉。宋代の道書『雲笈七籤《うんきゅうしちせん》』に、「瓜熟蔕落、啐啄同時」（瓜は熟せば蔕《へた》落ち、啐《す》ふと啄《つつ》くと時を同じくす）と見える（「啐」は、雛が卵の殻を内側からつつく。因みに「啐啄《そったく》」は、禅では師弟の呼吸がぴたりと合うこと）。明代になると、対句で「瓜熟自落、栗熟自脱」（瓜は熟せば自ら落ち、栗は熟せば自ら脱ぐ）とある。

子を宿すという子母河の水を飲んでしまった三蔵と八戒、身ごもってしまい、男がどうやって赤子を産み落とすのかと困り始める。そこで悟空、この古人の言葉を引いて一言、〝成る時は成る〟、〝時が来れば成るように成る〟と（戯《おど》けた、或いは悟った）慰めを言う。

「瓜熟蔕落、水到渠成」（瓜熟せば蔕《へた》落ち、水到れば渠《みぞ》成る）等ともいい（「渠」は、みぞ、ほりわり、クリーク）、この諺《ことわざ》は、「必ずしも急性ならず」とか、「預《あらかじ》めこれが為《ため》には愁ひ煎《い》らだたず」とか、「自ら楽地有り」、「自ら静まる時有り」、「自ら処置有り」、「善処窮まれり」とかの意として解釈されている。〝事は自然に快方に向かう〟意であるが、禅語と見れば、放っておくのではなく、機が熟すのを窺う意が含まれる。（→093）

112 人情大似聖旨（人の情の大なること聖旨《せいし》に似たり）

他人《ひと》の好意にすがりたい時に用いる口上。「聖旨」は、皇帝の言葉や胸の内、命令。

不注意にも子母河の水を飲んで赤子を孕《はら》んでしまった三蔵のために、神仙の落胎泉（堕胎剤）を管理する道士に、返礼はさて措《お》きどうしても神仙の泉水が欲しいと頼む際、悟空は〝ひとの好意の偉大さといったら詔《みことのり》そのものですよ〟と言って、恩情というものの在り方を語っている（「大似～」は、老子の「大似不肖」（大なること不肖に似たり）と同じ語法と見たい）。相手を持ち上げるこの語の背後には、人の情というものは権威にも似て絶対性が有り、その場の見返り無しの、無償のものであると見る悟空が居る。

「人の情は紙の薄きに似たり」とは期待の持てない常の言い方（喩え）であるが、他方、詩などでは「天色與人相似好、人情似酒一般深」（天色は人と相似て好く、人情は酒一般に似て深し）とか、「有人情似山中泉、其情濃如春深煙」（人の情の山中の泉に似たる有り、其の情の濃きこと春深きの煙《かすみ》のごとし）等と詠まれることもある。「情の濃きこと酒のごとし」、人の真情《まごころ》というものは、ひたすら濃さ深さ、その好さ一つで人を助けると悟空も見る。

（↓188）

113 待我兩人交戰正濃之時（我が両人の交戦正濃《せいのう》の時を待て）

「正濃之時」とは、まっさかり、まっただ中、の意。交戦まっ最中の時は、当事者は戦いに没頭しているので、傍《かたわ》らに在る者は逆に両者の隙を狙うチャンスがある。「蟷螂蝉を窺《うかが》ふ」の「雀」や、「鷸蚌《いつはう》の争い」に於ける「漁夫の利」の状況と似ているが、悟空の場合はそれを積極化し、能動的で、少々危険を伴う。

悟空は子を孕んでしまった三蔵のために、牛魔王の弟の管理する堕胎水を手に入れる際、「調虎離山之計」（虎を調《な》らして山を離れしむるの計）というのを用いている（「調」は、調教、手なづける）。「荘周《さうしう》虎を養ふの説」では「虎を調らして以て反つて噬《か》まるるの禍ひを取る無かれ」と説くが、悟空の計はちょっと荒っぽく、我が身を囮《おとり》にして逆に虎を穴から外におびき出し、自分に噬《か》みつかせておいて、その隙に人に虎穴に入ってもらうようなやり方をいう。

〝俺が捨て身でおびき出すから、お前は奴に隙が出来るのを待て。〟

114 盤纏須三分分之（盤纏《ばんてん》は三分を須《も》つて之を分《わ》かたん）

「盤纏」は元《げん》の時代以降に出来た言葉で、「盤纏銭」、「盤纏鈔《せう》」、「盤纏金」、「盤纏銀」等とも言い、当座の費用、旅費、路銀《ろぎん》のたぐいを指す（「盤」は、計算する。「纏」は、身につける意）。何人かで旅をしている途中に盗賊に遭い、皆の路銀を強奪されそうになった場合、その旅人たちの内の一人が皆を裏切り（方便として偽《いつわ》り）、賊側に寝返った風《ふり》を装って、〝君たち（強盗）の仲間に入るから、分け前の三分の一は自分にくれ〟と賊に提案し、全額は奪われないようにすること。もちろん悟空のこと、しまいには賊を退治し、一文も奪われることはない。仏教では「贖命重宝《ぞくみょう》」という。

後、この語は、旅費をちょろまかす意に使われるようになる。〝路銀を追い剥ぎに奪われるくらいなら、三分の一は自分がもらおう。〟

115 心有兇狂丹不熟、神無定位道難成

（心に兇狂有れば丹《たん》は熟せず、神《たましひ》に定位無ければ道は成り難し）

「丹」は「金丹」、不老不死の薬、仙薬。〝心に好からぬ思いを抱いていると仙薬は出来ず、しっかりした心構えが無いと道も達成しにくい。〟道家が丹薬を錬り上げ、仙術を手に入れるには、心構えこそが重要であることを、悟空は戒めとして言う。延《ひ》いては、〝煩悩や雑念があっては、何事も上手く行かない〟意。「神氣不定、故丹不成」（神気定まらず、故に丹成らず）ともいい、何事も心神を潔斎して雑念を払わないと、上手く行かない。

宋の詩人陸游は、自ら錬り上げる「丹の熟す」ことを願った一人である。その陸游も「丹熟竟當金換骨、客來從笑雪蒙頭」（丹熟さば竟《つひ》に当《まさ》に金の骨に換《か》ふべきも、客たりて来《こ》のか

た従《よ》つて雪の頭を蒙《おほ》ふを笑へり）と詩句に詠んでいるように、いかに願っても、金丹が出来あがって凡骨が仙骨に換わる前に、現実は白髪が頭を被ってしまう、と歎いている。金丹が熟するがごとく我が境地を入手すること、それは言わずもがな（心構えを問題にする以前に）、並大抵《なみ》ではない。仏徒であれば、悟りの問題となる。

116 恐本洞小妖見笑（本洞の小妖《せうえう》に笑はるるを恐る）

この語の後には「笑我出乎爾反乎爾」（我の爾《なんぢ》らを出《い》でて爾らに反《かへ》るを笑ふ）と続く。悟空は三蔵に叱られ（誤解され）、師父をほうって故居の水簾洞に帰りたくなったことがある。その際、帰ったところで「小妖」（家来の小猿ども）にどう言い訳するのか、言い訳はできない、と帰るのを思いとどまり、〝自ら進んで汝らのところを飛び出して来ていながら、今更おめおめと汝らのところに戻るなんて、笑われちまう〟と恥じ、浅はかな考えを思い直すこととなる。主張が一貫性を失うと、信用も失われる。

〝事を成し遂げずに戻ったんでは、故郷の小猿どもに笑われる〟は、自分の言動に以前と今とで矛盾が生じて来てしまっていることをもいう。「大丈夫の器」ではないこと。

因みに、後《あと》の句の「笑我……」云々は、経書『孟子《もうし》』の「曾子曰、『出乎爾者、反乎爾者也』」（曽子《そうし》曰く、「爾を出づる者は、爾に反《かへ》る者なり」と）を踏まえている。この孟子の「出乎反乎」、「出爾反爾」は、身から出た錆、汝のやったことは汝に返るの意であるから、「我の『爾《なんぢ》を出でて爾に反る』を笑ふ」と訓《よ》むと、〝私の自業自得を人が笑う〟意となる。

117　不察皂白之苦（皂白《さうはく》の苦を察せず）

「皂白」の「皂」の訓は〝くろ〟（染めた黒色）であるから、〝黒か白かを見分けることの苦しみを、誰も察してくれない〟意。取経の旅の途中に於ける悟空の苦しみは、この一語に尽きるかも知れない。

悟空はその旗印として「花果山前分皂白、水簾洞口辨眞邪」（花果山前に皂白を分け、水簾洞口に真邪を弁ず）を掲げる。〝黒白をはっきりさせ、それが真実かまやかしかを見分ける〟というのが悟空の信条であり、「真仮の弁」は『西遊記』の主要テーマの一つである。しかしその苦労は、他人には仲々分かってもらえない。ひとは物事の表層だけを見がちである。真の是非善悪の判断がつかず、場合によっては逆転してしまったりもする。よい例は三蔵、目先の善縁にとらわれ、巧妙な悪（妖魔）を赦《ゆる》し、善人の仮面をかぶった強盗を救い、逆にそれを退治しようとする悟空を罰してしまう。そのたびに悟空は「皂白之苦」を味わうことになる。

道書の『抱朴子《ほうぼくし》』では、筆者の葛洪《かっこう》自らが自己を分析し、「(洪)不能明辨臧否、使皂白區分」(洪《われ》は明らかに臧否《ぞうひ》を弁じて、皂白をして区分せしむる能はず)と言う。〝他人の良し悪し、真か邪かを見分けることを私は敢えてしない(人をあれこれ言わないのが私の思想信条だ)〟と葛洪は道人らしく決めているが、悟空はそれでは苦しいのである。

118 當將功折罪(当《まさ》に功を将《も》つて罪を折《さば》くべし)

「折」は、折半、さしひきする意。ある人の評価が功罪相半ばするような場合、〝それまでの手柄によってさしひきし懲罰を決めるべきだ〟とする考え方。厳罰主義に対して〝これまでの業績を加味し、罪を減じる〟ように頼む時にいうことが多い。「將功折罪」は、寛容な裁きをいう語として、悟空だけでなく、『西遊記』中に頻見できる。

元《げん》の劉鶚《がく》という人のいう「將功折過」(功を将つて過《あやま》ちを折《さば》く)も同じであるが、明の丘濬《しゅん》という人は「有功者以罪減功、有罪者以功折罪」(功有る者は罪を以て功を減じ、罪有る者は功を以て罪を折く)と言っている。これは、とかく功績を築く人は、それまでの罪過が無きにしもあらず、〝人は罰せられるとそれまでの業績にも傷がつくが、逆に、手柄を立てればそれまでの罪も軽くなる〟と見て好いならば、功罪はさしひきして評価するという考え方も生まれて来る、と悟空は考える。

119 肉眼愚蒙、不能分識（肉眼は愚蒙《ぐもう》なり、分識する能《あた》はず）

「肉眼」の反対は、仏教では「心眼」（さらには「天眼《てんげん》、法眼」）。悟空の「火眼金睛」、すなわち「真仮の弁」のできる眼もそれであろう（↓032）。凡胎の肉眼は、そうではない。

悟空そっくりのにせもの（六耳獼猴《びこう》）が現れた時、それと見分けのつかない沙悟浄に対し、悟空は「沙悟浄肉眼愚蒙、不能分識、有力難助」（沙悟浄の肉眼は愚蒙なり、分識する能はず、力の助け難き有り）と言い、歎いている。〝凡人の眼では、真仮を見分けることが出来ない〟、従ってあてに出来ない。とは言え、ここは悟空も分識できているのかどうか、自分でないからにせものだと言っているに過ぎないのかも知れない。

これは神々の眼であれば見分けられるのかというと、六耳獼猴級のにせものは仲々厄介なようだ。観音菩薩でさえも見分けがつかず、悟空は「菩薩也難辨眞假」（菩薩も也《ま》た真仮を弁じ難し）と言って、さらに歎く。では、誰なら見分けられるのか。悟空は「煩諸天眼力」（諸天の眼力を煩《わずら》はさん）と言い、天の諸神に頼むが、結局「衆神亦果難辨」（衆神も亦た果《はた》して弁じ難し）である。とどのつまり、仏祖お釈迦様の「慧眼《けいがん》」（仏教では「えげん」という）でないと見分けられない。「涅槃經頌」にも「天眼通非礙、肉眼礙非通」（天眼《てんげん》は通じて非礙、肉眼《にくげん》は礙《さまた》げられて非通なり）とあるように、何ら碍《さわ》りの無い「天眼」が必要であって、ここでも凡夫が真仮を見分けることの難しさを悟空は問題にしている。

120 鬧至幽冥（鬧《さわ》ぎて幽冥に至る）

「鬧至」は、騒ぎ立てて押しかけること。「幽冥」は、閻羅王（閻魔さま）のいる冥府。そこには録鬼簿《ろくきぼ》というものがあり、閲覧すれば妖怪の素性を調べることも出来るようになっているのだが、調査を依頼しても、もともと記録が無い妖怪だったりすると、調べがつかない。したがって冥界を騒がせただけで終わる。〝地獄の涯まで調査を頼んでも、閻魔様（あるいは地獄の役人、冥司）を騒がせただけで終わる〟、〝得体の知れない者の素性は、調査し難い。〟結局、お釈迦様の登場待ちとなる。

因みに、ふつう「至幽冥」といえば、「得疾暴終、倏至幽冥」（疾《やまひ》を得て暴《には》かに終はり、倏《たちま》ち幽冥に至る）とか「暴卒、至幽冥中」（暴《には》かに卒《しゅっ》し、幽冥の中《うち》に至る）と言うように、人が亡くなることをいう。悟空は勿論、俗世と冥土（冥途）を往ったり来たりが出来る。

121 **朝三暮二**（朝三暮二《てうさんぼに》）

猿がらみで「朝三暮四」をもじった語であるが、栃の実をごまかした狙公の話とはずいぶん異なり、「朝三歩、暮二歩」（朝《あした》に三歩、暮れには二歩）を約《つづ》めたもので、三蔵法師の歩みののろい様をいう。悟空いわく、〝師匠、あなたほど歩みにのろい者は無い〟と。

実はこの語、『西遊記』の根本に関わる意味を担《にな》っている。悟空は三蔵のことを「寸歩難行者」（寸歩にして行き難き者）、すなわち〝のろま〟だとも言うが、それは一っ飛びで十万八千里の悟空とはちがい、肉骨凡胎の三蔵が旅路の歩みにのろいのは当然のこと、仕方ない。だがその時間のかかる一歩一歩の積み重ねが意味を持ち、最後に取経と悟りという偉業を成し遂げることになる。〝偉業を成し遂げる人の歩みは、朝は三歩、夕暮れは二歩とののろいものなのである。〟

122 **「不冷不熱、五穀不結」**（「冷たからず熱からざれば、五穀は結ばず」）

悟空が引用した、当時の諺（「常言」）。「不結」は、実りの悪いこと。一般の作物は、野菜作りの専門家であれば周知のごとく、気候に寒暖の差が無いと実らない。順調すなわち作物が穫《と》れるためには、暑さも寒さもともに大事である。〝暑くもなく寒くもない、それでは作物は実らない〟、延いては食物が得られない。ましてや暑さ続きの火焔山のような土地であったりすると、それはもう天候不順の地、作物にとっては大敵となる。

明代の呉地方（蘇州）の諺に、「六月不熱、五穀不結」（六月熱からざれば、五穀は結ばず）というのが有る。六月、すなわち旧暦の晩夏（夏至）以降、立秋過ぎの頃（「三伏」の頃）には、陰気が勝って一気に寒くなる。それは稲作にとっては好ましくない。順調な実りのためには、晩夏とはいえ夏、まだ暖かい日も必要であることをいう。

ものごとが順調であるとは、決していつも一定で変化の無いことをいうのではなく、予定通りの起伏《サイクル》があり、繊細複雑でなければならないことを、悟空は承知している。

123　拝借芭蕉扇（芭蕉扇を拝借す）

略して「借扇子」（扇子を借《か》る）ともいうが、三蔵一行が燃えさかる火焔山を越えるために、その火の勢いを鎮《しず》める力のある「芭蕉扇」を欲したことから、難関を乗り切るために必要なものをどうしても持ち主（借りにくい相手）に借りたいと申し出ること（「火焔山」は、天界の「八卦炉」が悟空に蹴飛ばされて天下ったものであり、火勢はすさまじい）。

「今到火焔山、不能前進」（今火焔山に到り、前進する能《あた》はず）、「路阻火焔山、不能前進」

（路《みち》火焔山に阻《はば》まれ、前進する能はず）、「在西方路上、難過火焔山」（西方への路上に在りて、火焔山を過ぎ難し）というような状況下で、悟空はその地で涼しげに過ごす妖怪の羅刹女《らせつじょ》（牛魔王の妻、鐵扇公主《てつせん》）に芭蕉扇一柄を借りたいと申し出ることになる。

元《げん》の陶宗儀《とうそうぎ》という人が「就雨中人借傘」（雨中の人に就《つ》いて傘を借る）や「問患脚人借拄杖」（脚を患《わづら》ふの人に拄杖《つゑ》を借るを問ふ）、「問暑月行人借扇」（暑き月の行人《たびびと》に扇を借るを問ふ）等を挙げるように、今まさにそれを必要としている他人からその物を借りること、それは本来極めて頼みにくい。そこを悟空は敢えてやっている。〝難関を乗り切るためには頼みにくい相手からも強行に道具を借りなければならないことがある。〟

124 半信不信（信ずと信ぜずを半《なか》ばす）

「半信半疑」（半ば信じ半ば疑ふ）を省略して「半信疑」（信ずと疑ふを半ばす）とも言うが、同様に「半信半不信」（半ば信じて半ば信ぜず）を省略して「半信不信」という。訓のとおり〝半分は信じても、残りは信じない〟意。

朱子とその弟子との問答集である『朱子語類《しゅしごるい》』には、「伯豐問程子曰『覺悟便是信、如何』曰『未覺悟時、不能無疑、便半信半不信已。覺悟了、別無所疑、即是信』」（伯豊《はくほう》程子に問うて曰く「覚悟は便《すなは》ち是れ信ず、如何《いかん》」と。曰く「未だ覚悟せざるの時は、疑ひ無かる能はず、便《すなは》ち半ば信じ半ば信ぜざるのみ。覚悟し了《を》はれば、別に疑ふ所無し、即ち是れ信ず」と）という問答が載っている。悟りというものは有るのかどうか、それは悟ってしまえば有ると信じられるが、悟る以前は有るのか無いのか半信半疑にならざるを得ない、というこの『語類』の例に見られるように、逆に、物事は自分で好く分かるようになる前は、疑って掛からないわけには行かない。人は嘘をつくし、世の中には不審物が数限りなくある。「真仮の弁」を常に重んじている悟空としては、三蔵の護衛に当たっては、常に周囲に疑いの目を向けるよう心がけている。

125 假親托意（親しきを仮《か》りて意を托す）

悟空の使う方便の一つ。〝縁者のふりをして相手の警戒心を解き、隙《すき》が出来るのを見てすべきことをさせてもらう。〟

「假」（仮）という語は、借りると仮りそめの二つの意味があり、たとえば「假親戚倚其勢力」（親戚を仮りて其の勢力に倚《よ》る）といえば、それは実の親戚のことであって仮りそめではないが、「宋戸部尚書沈詵、爲人仁厚、一兵卒患背疽、乞假親爲合藥、治之」（宋の戸部尚書沈誅《しんしん》は、人《ひと》と為《な》り仁厚、一兵卒背疽《はいそ》を患へば、親しきを仮りて薬を合《ととの》ふるを為し、之を治すを乞《こ》ふ。）といえば、便宜上縁者だということにする意となる。

悟空は以前、女国で通行許可を得ようとして、それと引き替えに三蔵が女王の婿《むこ》様にされてしまいそうになったことがある。そのさい悟空は、「『假親脱網』之計」（「親しきを仮りて網を脱する」の計）というのを巡らせ、偽りの婚姻の儀式をおこない、相手を油断させておいて逃げ出す算段を提案している。その場合の「假親」（親しきを仮る）は、仮りそめの姻戚関係を結ぶことをいっている。「假」にも、実と虚の両面があるとなると、様相は複雑を呈する。

ここの「假親托意」の「假親」も、芭蕉扇を手に入れるために、その持ち主の牛魔王の親類縁者を装い、牛魔王の縁者の縁故を利用して、芭蕉扇を持っている妻の羅刹女に近づくことを意味する。縁者のふりをすれば、人の警戒は甘くなる。それを見越しての方便。

126 **弄大膽、騙女佳人**（大胆を弄して、女佳人を駈《たぶら》かし騙《だま》す）

この句は、「大聖下雕鞍、牽進金睛獣、弄大膽、騙女佳人」（大聖は雕鞍《ちょうあん》を下《お》りて、金睛獣を牽《ひ》き進め、大胆を弄して、女佳人を駈《たぶら》かし騙す）という対《つい》の形で出てくる。「雕鞍」（雕《かざ》れる鞍《くら》）と「金睛獣」は牛魔王の乗り物。化けて牛魔王に成り済ました悟空は、「雕鞍」をつけた「金睛獣」を無断借用し、その妻の羅刹女に近づく。金睛獣に乗るためには鞍が必要であるように、他人の奥さんをたぶらかすためには則《のり》を超えた「大胆」を必要とする（「駈騙《きゃうへん》」は「誆騙」、「誑騙」と同じく、たぶらかす意）。

師匠三蔵のために芭蕉扇を借用する必要があり、尋常であれば非難や危険をおかしてまではしないであろう所を、悟空なりの大義のために敢えてやっている。〝大胆にも他人の奥方をたぶらかす〟は、騙し合いの場（或いは方便）とは言え、不謹慎にも「大胆」が無いと出来ない。〝他人の奥方は大胆さでだませ〟となる。

「大膽《だいたん》」は『西遊記』に頻出する語であり、総じて悟空の果敢に挑む姿勢心態を表す。

127 假意虚情、相陪相笑（意を仮《か》りそめにし情を虚しくして、相陪《したが》ひ相笑ふ）

悟空は「芭蕉扇」を手に入れようとし、仲々渡してくれない持ち主の羅刹女を何とかその気にさせようと試みる。夫の牛魔王に化け、一献傾けて彼女を酔わせ、〝我が真意は抑えて相手を欺き、作り笑いをし、相手に寄り添う〟という際どい籠絡《ろうらく》手法を採る。（↓123）
「假意虚情」は、『西遊記』の中では「巧語花言、虚情假意」というように、対で言うことも多い。「虚情必難信也」（情を虚しくするは必ず信じ難きなり）とあるように、「虚情」も「假意」（仮りその意）も気持ちが込《こ》もっていない状態（虚仮《こけ》の状態）をいう（「虚情」の反対語は「眞情」）。仮りの見せかけの情を、如何《いか》に本物と思い込ませるか。

「相陪相笑」は、「相～相…」が詩句にも「相迎復相恨、欲去還相陪」（相迎へて復た相恨み、去らんと欲して還《ま》た相陪《したが》ふ）等と見られるように、対象に向けて動作を次々と繰り出すさまをいう。悟空は羅刹女に向けて「相陪相笑」の後、さらに「相倚相偎」（相倚り相偎《よ》る）という動作を試みている。籠絡のための方便として親密さを作り出す。

128　小小之物、如何搧得（小々の物、如何《いかん》ぞ搧《あお》ぎ得たる）

悟空は、火焔山の火を消すことのできる本物の「芭蕉扇」を初めて目の当たりにした時、その見かけが余りにもちっぽけであることに一瞬疑念をいだき、「小小之物、如何搧得八百里火焔」（小々の物、如何《いかん》ぞ八百里の火焔を搧《あお》ぎ得たる）と言って確かめようとしている。〝こんなちっぽけな物が、どうやって威力を発揮できるのか〟、〝物の真仮は見かけでは分からぬ、よくよく観察が必要だ。〟やがてこの疑念は驚きに変わる。

因みに、ある人が朱子に、時の哲学者の程子の言った「観鶏雛、可以観仁」（鶏の雛《ひな》を観れば、以て仁を観るべし）という語句の意味を訊ねたところ、朱子は併《あわ》せて鶏の雛が煦々《くく》として穏やかに啄飲するさまを想起させ（唐の韓愈《かんゆ》の「以煦煦爲仁」（煦々たるを以て仁と為す）に基づく）、「凡物皆可觀。此偶見鷄雛而言耳。小小之物、生理悉具」（凡《およ》そ物は皆観《み》るべし。此れ偶《たま》たま鶏の雛を見て言ふのみ。小々の物も、生理悉《ことごと》く具《そな》はれり）と答えたという。〝ちっぽけでも、本物は万全なんだ。〟

129　無牌匾旌號、何以知之（牌匾旌号《はいへんせいがう》無くんば、何を以てか之を知らん）

この語の後には、「須到城中詢問、方可知也」（須《すべか》らく城中に到つて詢問《じゅんもん》し、方《はじ》めて知るべきなり）と続く。初めての土地に差し掛かった場合、〝表札の懸かっていない家は、その中を知りようがない〟、〝看板の掲げてない所は、中に入って訊《き》いてみるしかない。〟

不案内の場所は、先ずはその中を予想予測しようにも、何らかの手がかり（情報）が無ければ、想像だにしようが無い。「牌匾」は、宮殿やその壁に文字を大書し掲げてある扁額。「旌號」は、「名哲永湮、旌號長阻」（名哲永く湮《しず》み、旌号長く阻《はば》まる）という時のそれで、人や物事の良さをはっきりと銘記してあるものをいう（動詞として使われることもある）。それが無ければ不安であり、「真仮の弁」も適《かな》わない。悟空には判断に必ず手掛かりや根拠を求めようとする所がある。

130　若愛丰姿者、如何捉得妖賊也（丰姿《ほうし》を愛する者のごとき、如何《いかん》ぞ妖賊を捉《とら》へ得んや）

〝その容姿を立派だと褒めてしまっては、妖怪は捕らえられない〟、〝立派そうに見える姿かたちを称《たた》えているだけでは、人の能力は見抜けない〟（「丰」は、豊かで美しい意）。

昔のトルファン（吐魯番）近隣の祭賽国を通るに当たって、三蔵一行が国王に謁見した際、国王が悟空たちの面相を見てその能力を判断しようとした時に悟空が発した言葉。

悟空は同時に「人不可貌相、海水不可斗量」（人は貌《かたち》もて相《み》るべからず、海水は斗《とます》もて量るべからず）とも言っている。古い書の『淮南子《えなんじ》』でも人を「太山不可丈尺也、江海不可斗斛也」（太山は丈尺すべからざるなり、江海は斗斛《とこく》すべからざるなり）と喩えているように、〝海水の量は大きな升《ます》でも量れない。それと同様、人も見かけでは分からない。〟人の為人《ひととなり》や能力は、海水のようにはかり知れない、それを、見映えだけで評してしまっては、その人は見抜けない、と悟空は言う。この語も『西遊記』のテーマの一つ「真仮の弁」の要諦となっている。

131　賊怪甚不達理（賊怪甚《なん》ぞ理に達せざる）

道理をわきまえないからこそ「賊怪」と言われるのであろうが、〝賊《ぞく》だの妖怪だのと呼ばれる連中は、なんとも道理が通じない〟の意（「甚」は、ここでは感嘆を表し、なんと〜のことよ）。「理」の所在に触れる言葉になっている。

通りがかった祭賽国でのこと、そこにある寺の宝塔を奪った「賊怪」九頭駙馬《ふば》（九頭虫の化身）のもとへ宝塔を取り戻しに出向いた悟空、その駙馬から、おまえのような取経僧はお経を取りに行くのが筋《すじ》であるのに、途中で妖賊退治にかかわるとは、筋違いも甚だしい、と理屈を捏《こ》ねられた際に放った、売り言葉の買い言葉（「駙馬」は、ここでは竜王の婿《むこ》に与えられた官職名）。そこで悟空、〝妖怪は物事の筋自体が分かっていない〟と返す。

「理に達せず」という話は歴代多々あるが、たとえば唐の徳宗皇帝が世の乱れが仲々治まらないので、いっそ改元し、帝の称号に更に尊号を加えてはどうかと宰相の陸贄《りくし》に相談した際、陸贄は今はその時ではないと進言したという話がある。その事に関し、後の宋の孝宗皇帝は「徳宗不達理如此、禍難未平、乃欲加上尊號」（徳宗の理に達せざること此《か》くのごとし、禍難未だ平らかならざるに、乃ち尊号を加上せんと欲すと）と判断している。改元と尊号追加で世が治まる「理」は無いと見る方が理に適《かな》っている。

悟空は、妖賊（煩悩ぼんくら）退治は取経の一環であるという自ら信ずる道理《すじ》を通している。その「理」に基づいてやっていることを否定される筋合いは無いと確信が有れば、妖怪の方こそ「理に達せず」だと、悟空は言えることになる。

132 家無全犯（家に全《まつた》くは犯す無し）

〝何々一家とは言え、全員が全員悪いというわけではない〟、〝一蓮托生、一味だとはいっても、全員が全員悪者というわけではない（中には赦《ゆる》してやっても好い者がいるかも）。〟悪党を懲らしめ続けている悟空の至った一つの境地であろう（「無全犯」の「無し」は「全く」にもかかるので、部分否定であって、全てが全て〜というわけではない、の意。因みに、腫れ物が膿《う》んで膿が出たあとに傷みが退《ひ》く喜びを詠んだ歌の中に、「自然七悪全無犯」（自然と七悪全く犯す無し）という句がある。その場合の「全く」は「無し」全体に掛かっているので、語法上、こちらは全部否定として訓《よ》み、身体に起こるという七つの不調のどの一つも体を犯すことはない、の意となる。「無」と「全」の語順のちがいに因る）。

133 金光二字不好（「金光《こんくゎう》」の二字は好からず）

「金光寺」という名の寺に立ち寄った際、悟空はその名を忌《い》み嫌い、「『金光』二字不好、不是久住之物。『金』乃流動之物、『光』乃閃灼之氣」（「金光」の二字は好からず、是れ久しく住《とど》まるの物ならず。「金」は乃《すなは》ち流動の物にして、「光」は乃ち閃灼《せんしゃく》の気なり）と住職に忠告している。ふつうは「『水』乃流動之物」（「水」は乃ち流動の物）という所を、わざわざ「水」を「金」に言い換えて悟空が言ったのは、「金光」というのは本来、『西遊記』では耀き続ける悟空自身の象徴であり、犯すことが許されないからであろう。それを禍に遭ってしまう寺がその寺の名として使っていたので、一瞬の耀《かがや》きでしかないような名は避けるべきだと悟空は見た。「金光」という語は、悟空にのみ相応《ふさわ》しい（↓162）。

〝それを「永遠の輝き」と呼ぶのは、宜しくない。金《き》らめくもの、光るものというのは、流動的であり、一瞬のものでしかない〟、〝命名は、その名に相応《ふさわ》しい主が必ず居る。〟（『西遊記』という物語上から見れば、或いは仏教上、悟空こそまさしく流動閃灼の存在ではないのか。）

134 寧神思慮、以心問心（神《たましひ》を寧《やす》らかにして思慮し、心を以て心に問ふ）↓068、108

「以心問心」は、悟空自らの自省照顧《しょうこ》の心態（自らの心の起こり始め、心の向かう所、心の状態、心の求めるもの、心地《ここち》などが対象）であるが、悟空の孤高なさまをも表す。それは上句に「寧神思慮」という心態を伴っていることで見えてくる。〝精神を安定させ、思慮を深め、そのうえで自らの心がどう考えるのかを自分自身に問い質《ただ》す〟ことになる。

「寧神」は、霊を祀《まつ》る時にも使われる語であるが、ここは「滅情於虚、寧神於極」（情を虚しきに滅し、神を極まれるに寧らかにす）、「魂安而神自清寧、神清則聰明内發」（魂安らかにして神自ら清く寧らかに、神清らかなれば則ち聡明内《うち》に発す）等という時に使われる語であって、ひとり心を静かに且つ清らかに保つことをいう。孤独な所作であり、それこそが「以心問心」の効力を引き出す（禅語の「以心印心」とは異なる）。

135「形容古怪、石中有美玉之藏」（「形容古怪なれば、石中に美玉の蔵《かく》さるる有り」）

人相見の用語。〝見かけは不格好な石でも、そんな石の中にこそ宝玉はかくされている。〟悟空は時にこのような決まり文句を引用し、雷公のような不男の自分ではあるが、その容貌とは裏腹に中味はちょいと違う、見た目ではない自分をよくよく観察してもらいたい、と人に注意を促す。

悟空は自らを詩偈《うた》に「縛怪擒魔稱第一、移星換斗鬼神愁」（怪を縛《ばく》し魔を擒《とら》ふれば第一と称せられ、星を移し斗《と》を換《か》ふれば鬼神も愁ふ）と詠んでいて、自分には見かけでは分からない能力が備わっていて、それは注視に値いすると言う。人物の「真仮の弁」も、見かけでは分からない。それを悟空は、身を以て示してもいる。

人相見の書では、「古怪」は「清奇」とともに貴相と呼ばれ、「形以清奇古怪者、須得神與氣合」（形づくるに清奇古怪なるを以てする者は、須らく神《たましひ》と気との合するを得《う》べし）と言われる。「清如寒氷、奇如美玉。古如蒼巖之老松、怪如泰山之盤石」（清きこと寒氷のごとく、奇なること美玉のごとし。古きこと蒼巌の老松のごとく、怪なること泰山の盤石《ばんじゃく》のごとし）と喩えられるように、「清奇・古怪」なる人物は、精神力、緊迫感、厳格さ、安定性などを兼ね備え、それらを内蔵しているとされる。（因みに、芥川龍之介も寒山拾得を「古怪」と評している。）

136　人家不齊心、所以難拿（人家心を斉《ひと》しくせざるは、拿《とら》へ難き所以《ゆゑん》なり）

「人家」は、人々、人皆《ひとみな》。「齊」は、「一斉」の「斉」であるから、一つにする、合わせる意。〝皆が心を一つにしないから、妖魔は捉えられないんだ。〟人心が一致しないと、魔物退治という一大事は成し遂げられない、それを悟空は魔物に支配されている村の人々にあらためて説く。では、どのようにすれば人心の一致をみられるのかというと、意外にも悟空、「毎家只出銀一兩、五百家可湊五百兩銀子」（毎家只だ銀一両を出《い》だすのみ、五百家なれば五百両の銀子《ぎんす》を湊《あつ》むべし）と言って具体化する。どの人も少しずつで好いからお金を出すこと、そうすれば一人一人のわずかな身銭でも、人数次第で財力もつき、力となる。

「齊心」ということについては、「萬民中有一人不齊心并力、便足以致敗、此豈小事哉」（万民中に一人の心を斉しくし力を并《あは》せざるもの有らば、便《すなは》ち以て敗《やぶ》るるを致すに足る、此れ豈《あ》に小事ならんや）とか「今兄弟三四人、不齊心協力、了落」（今兄弟三四人、心を斉しくし力を協《あは》せず、了《つひ》に落ちぶる）というような戒めの話が明代でも散見できる。魔物退治以上に予《あらかじ》めの「齊心」が如何に難しいかを、悟空は承知している。

137 黄昏不得睡、五鼓不得眠（黄昏も睡《ねむ》るを得ず、五鼓も眠るを得ず）

「黄昏」は、たそがれ時。「五鼓」は「五更」、「戊夜《ぼや》」とも言い、午前五時前後をいう。最も眠たい時間帯（「睡」は、「午睡」というように、昼寝のような居眠りをいう）。

妖怪を退治してくれたお礼に田畑を受け取って欲しいと村人達に乞われた悟空、〝そんなもの頂いたら、眠くっても眠られなくなります。お茶一杯で十分〟と断っている。心を悩ますほどの過剰なお礼や、分不相応な贈り物を辞退し、遠慮する時の言葉。

他人の厚意を辞退する言葉には悩まされるが、言葉としては、一日が終わり心安らかに寝つこうとする「黄昏《たそがれ》」時や、さらには安眠熟睡中の「五鼓」の時に眠りを妨げられるようなことになってしまい、困ります、という言い方で悟空は断っている。旅人が貰っても農事は容易ではないし、そもそも田畑は農家の大事な財産である。懇《ねんご》ろなるお礼とは言え、受け取ることはできない。ここでの悟空、相当な困惑が感じられて面白い。

因みに、宋の詩人陸游の詩の題に「五鼓不得眠、起酌一杯、復就枕」（五鼓に眠るを得ず、起きて一杯を酌み、復た枕に就《つ》く）というのがある。「五鼓不成寐」（五鼓に寐《い》ぬるを成さず）と言っても同じであるが、就寝や睡眠を妨げられるという言い方は、本来、大きな悩みや心配事等、気苦労を抱える辛さを表す場合に用いられる（陸游は、酒一杯）。

138 我出家人、但只是一茶一飯（我が出家人は、但《た》だ只だ是れ一茶一飯なるのみ）

前項137の後に続く言葉。妖怪退治のお礼に田畑を貰《もら》ってもらいたいと村人から乞われた悟空、〝我々出家人は、お茶一杯で十分です〟と断っている。

明代の『珊瑚網《さんごもう》』という本に、「一菜一魚、一茶一飯、客亦可來、主亦可辦」（一菜一魚、一茶一飯、客も亦た来たるべく、主も亦た辨《つと》むべし）という語が載っている（『松雪翁雑書《しょうせつおうざっしょ》八則』の一つ）。軽飲食なら、出す方も出される方もほどほどの所、仰々しさ、堅苦しさが無い、それが次に繋がるもてなしの要諦となる。心遣いは「一茶一飯」が手頃。

村民の大切な財産である田畑をお礼に受け取るようなことは、出家人悟空の在り方としては合点できない。当然、お気持ちが頂けるのであれば、お茶一杯、飯一椀でお互いほど好いのです、と相なる。

139 身體狼犺、窟穴窄小

（身体狼犺《ろうかう》にして、窟穴窄小《さくせう》なり）

「狼犺」は、古くは意味が二つあるようで、古い辞書には、①「狼犺は、獣の名、猴《さる》に似たり」、或いは「犺は、健《たけ》き犬なり」、②「猰犺《あつかう》は、順《したが》はざるの貌《かたち》なり」とあり、その②の用例として古小説『世説新語《せせつしんご》』の「晉周嵩（伯仁）性狼犺」（晋の周嵩《すう》は性狼犺なり）が挙げられている（晋の周伯仁という人は、世間に受け入れられない性格の持ち主であった、の意。「狼抗」ともある。「抗浪」も同じ）。

ただし、「身体狼犺」という言い方は近世になってからのもの。南朝梁代の『玉篇《ぎょくへん》』という古い辞書には、同音の「躴躿」という語が見え、注に「身長貌」（身長き貌《かたち》なり）とある。

これは「窅窱」と書いても同じで、背高のっぽ（「長人」）を意味する。「狼犺」をそこから派生した語と見て好いなら、③体がでかく、小回りの利《き》かない意となる。

〝体はでかく、住み処《か》は狭い〟、そのような環境に巣くう妖怪は、巣穴に入ったら必ず裏口から出てくる。なぜなら、家の中が狭く、一旦入ったら方向転換がきかないから（体勢の立て直しが利かないから）。伏魔殿のようなせせこましい組織も、幅を利かせている輩は裏口から出て来るかに思える。〝狭い巣窟に棲む、図体《ずうたい》のでかい妖怪は、中で体勢を立て直せず、必ず裏口から出て来る〟（悟空が、妖怪をがたいがでかいという時は、見かけ倒しの、中味が無いことを意味する）。

140　著實有好茶房（着実に好き茶房有り）

初めての町を訪れ、人目だけを気にしていたり、ものを好く見ていなかったりすると、「只知閙市叢中」（只だ閙《さわ》がしきの叢中なるを知るのみ）と思えたり、「只恐無人管飯」（只だ人の飯を管《つかさど》る無きを恐る）と思えたり、とかくこの町には何も無いと決めつけがちだが、悟空のようによくよく観察眼を働かせている者であれば、「著然又好茶房、麺店、大燒餅、大飯店、又有好湯飯、好椒料、好蔬菜、……」（着然たるは又た好き茶房、麺店、大焼餅、大飯店、又た好き湯飯、好き椒料《せうれう》、好き蔬菜、……有り）というように、あれこれ目に入ってくる（「椒料」は、香料）。〝町中をよく見れば、必ず好いお店は有る。〟仏教では俗を観ること。

宋の時代の呉自牧という人も杭州の大通りを見、その著『夢粱録《ぼうりょうろく》』に「處處各有茶房、酒肆、麪店、果子、綵帛、絨線、香燭、油醤、食米、下飯、魚肉、鯗腊等鋪」（処々各おの茶房、酒肆、麺店、果子、綵帛、絨線《じゅうせん》、香燭、油醤、食米、下飯、魚肉、鯗腊《しゃうせき》等の鋪《みせ》有り）と記している（「鯗腊」は、干物）。「茶房」は人の集まる所や街中《まちなか》に在るいろんな店舗を代表する（雇い人等の斡旋もする）。観察眼しだいで風俗も分かり、便利な店はきっと見つかる。

141 「行動有三分財氣」（「行動には三分《さんぶ》の財気有り」）

この〝歩き回れば、幾らかの儲け話は転《ころ》がっている〟とは、昔の人（「古人」）の言葉。たまたま町に買い物に出た悟空、国王が出した立て札に「朕《ちん》の病いを治した者には、国土を分け与える」とあるのに興味を持つ。そこで「取經事寧耐一日」（取経の事は寧耐《ねいたい》すること一日ならん）、すなわち〝お経を取りに行く仕事は、一日だけ我慢しよう〟と言い（「寧耐」は、「忍耐」に同じ）、「三分の財気」にわくわくし始める。

明《みん》代の本の中に、「倘若財氣輕而印氣重、捨財取印、其貴可知。倘若印氣輕而財氣重、捨

印取財、雖有背禄」（倘若《も》し財気軽くして印気《いんき》重からば、財を捨てて印を取る、其の貴きこと知るべし。倘若し印気軽くして財気重からば、印を捨てて財を取る、雖《た》だ禄に背く有るのみ）という一節がある。「印気」すなわち官職に就《つ》き、印綬をもらって禄をはむ事と、「財気」すなわちもっぱら金儲けに奔《はし》る事とではどちらが有りかといった議論が、当時なされるようになっている。

悟空は七三くらいの割合で「お経」と「財」とを考えるのが宜しいと言っているようにも思えるが、その「三分」の方を採るにしても、むしろその背景に在るものに悟空は関心を持つ。もう一つ当時の諺の「薬不輕賣、病不討醫」（薬は軽がるしくは売らず、病は医を討《たず》ねず）を悟空は引き、国王の高札《こうさつ》の要請には何か裏がある、安易には乗るまい、と警戒しながら国王の治療に出向いて行く。

142「薬不執方、合宜而用」（「薬は方《はう》を執《と》らず、合《まさ》に宜しかるべくして用ふ」）

悟空が引くこの語は、古人の言葉。〝薬は処方にとらわれず、適合さえしていれば使うことが出来る。〟『普濟方《ふさいほう》』のような医書に頻見できる語で、薬方の要諦を語っている。〝手に入る薬の塩梅《あんばい》、さじ加減で、薬は適宜治療に中《あ》てることが出来る。〟「薬不執方、中病而已」

（薬は方を執らず、病《やまひ》に中《あ》つるのみ）、「不必執方、見薬就要」（必ずしも方を執らず、薬を見れば就《すなは》ち要《もと》む）ともいう。また、「合宜而用」という言い方も「合宜而用、勿執一偏」（合に宜しかるべくして用ひ、執ること一偏なる勿かれ）等と使われ、症状にぴったりであればそれで好い、の意となる。悟空が医術の心得もあることを物語る一言。

緊急の場合、それ専用の特効薬が手に入るに越したことはないが、それを待って手遅れになるよりは、あの手この手で応急手当さえできれば、それもまた好し、悟空は「大黄」と「百草霜」（鍋底の灰）だけでストレス解消剤の「烏金丹」を調合して見せる。

143 「衆毛攢裘」（「衆毛　裘《かはごろも》を攢《あつ》む」）

唐の白楽天の詩句「補養在積功、如裘集衆毛」（補養は功を積むに在り、裘《かはごろも》の衆毛を集むるがごとし）より出る、当時の諺。〃多くの細かな鷲毛から、毛織物は出来ている。〃意は〃塵も積もれば山となる〃に同じ。

仏教書の『石門文字禅《せきもんもんじぜん》』にも、「衆毛乃能成毬、一夫不可勝敵、敢于衆力、同成大縁」（衆毛は乃ち能《よ》く毬《まり》を成せば、一夫は敵するに勝《た》ふべからざるも、衆力を敢《あ》へてすれば、同《とも》に大縁を成す）、「衆毛成毬、豈可以小善爲無益」（衆毛は毬を成せば、豈に小善を以て益無しと為すべけんや）等とある（「毬《きゅう》」は、毛玉、毛や羽毛を集めたもの）。〃単独些少では無理なことでも、多くの力を結集すれば上手く行く。〃

ここは、通りがかった朱紫国の王の病気を治す薬を調合するに当たり、自分たち一行の馬（もともと西海の飛龍）の尿《ばり》を必要として、悟空が放った一言。仙薬になる尿は簡単には出せないのだと言う馬に対し、悟空は、多くの薬剤を調合する中で、その尿（「金汁」）数滴を欠いてしまうと、大変困ることになると迫り、この諺を用いて、馬に絞り出させている。〃微量あるいは一滴でも欠くことの出来ない物もある〃、悟空はそれを疎《おろそ》かにしない。他方悟空は、妖魔紅孩児《こうかいじ》の戦法に手を焼いた時にも、悔《くや》し紛れに「衆毛攅毬」（「衆毛毬《まり》を攅《あつ》む」）、すなわち小技を集めたものに過ぎぬとの罵りにこの語を用いている。

144　有去無來（去る有り来たる無し）

妖王の使者は、使者であるから「有來有去」（来たる有り去る有り）、すなわち〃行ったり来たり〃と呼ばれている。悟空は妖王退治の前に先ずそやつを退治し、もじって「有去無來」と名づけ直した。〃行ったり来たり〃が〃行ったっきり〃つまり、妖王の使者が〃役立たず〃になることをいう。そのあと悟空は「變作有來有去模様」（変じて有来有去の模様《さま》を作《な》す）、すなわちその使者に化け、妖王を欺く。

「寒山捨得《じっとく》」の捨得の詩に、「君不見、三界之中紛擾擾、只爲無明不了絶。一念不生心澄然、無去無來不生滅」（君見ずや、三界の中《うち》の紛として擾々《ぜうぜう》たるは、只だ無明の了《つひ》には絶えざるがためのみなるを。一念生ぜざれば心は澄然とし、去る無く来たる無く生滅せず）というのがある。その「無去無來」という概念は、仏教書の『廣弘明集《こうぐみょうしゅう》』や道書の『雲笈七籤《うんきゅうしちせん》』でも時折り論ぜられるが、お経の『大般涅槃經《だいはつねはんぎょう》』等には「佛性無生無滅、無去無來」（仏性は生ずる無く滅する無く、去る無く来たる無し）とある。本来、空無をいう。

「有去無來」とか「有去有來」とか名づけられているということは、仏性からはほど遠い存在を意味する。そんな妖王の使いは、虚仮《こけ》に等しい。〝もう戻らない〟でほど好い。

145 黄沙迷人（黄沙人を迷はす）

朱紫国王から皇后を奪った妖王は、黄砂を武器に使う。〝黄砂は人の目を眩《くら》まし、苦しめる。〟悟空もこれに手を焼く。

妖王は三つの鈴を持ち、それを振ると、それぞれ「放煙、放火、放沙、果是難收」（煙を放ち、火を放ち、沙を放てば、果して是れら収め難し）となる。すなわち一つ目の鈴は「火光焼人」（火光人を焼く）、二つ目は「煙光燻人」（煙光人を燻《いぶ》す）、三つ目は「黄沙迷人」という効力を、それぞれ発揮する。三番目の黄砂がもっとも強烈で、人の目を眩《くら》まし、それが鼻から入るとくしゃみを連発し、やがて死に至る。順番から言えば、火で焼かれるよりもきつい。

明代にも「草暗黄沙迷遠近」（草暗く黄沙遠近を迷《まど》はす）や「黄沙迷目開不得」（黄沙目を迷はして開き得ず）という詩句が見られる。今も昔も、黄砂には苦しめられ続けている。それを武器に使われれば、悟空といえども、「収め難し」とならざるを得ない。

146 「兩家相爭、不斬來使」（「両家相争ふも、来使を斬らず」）

〝両者あい争っても、互いの間をつなぐ使者は、絶やしてはならない。〟

とかく「立斬來使」（立ちどころに来使を斬る）ということになりがちな戦時でも、使者を斬らないことは最低限のルール（紳士協定）となっていることは、よく知られる。

とは言え、後の清《しん》の時代のこと、湯斌《ひん》という人は賊がこの諺を引用した際、「賊亦大呼曰『兩國相爭、不斬來使』、余呵之曰『汝賊耳、安得云國』。亟斬之、尋賊敗去」（賊も亦た大いに呼ばはりて曰く「両国相争ふも、来使を斬らず」と。余《われ》之を呵《しか》りて「汝は賊なるのみ、安んぞ国と云ふを得んや」と曰《い》ひ、亟《すみや》かに之を斬れば、尋《つ》いで賊敗れ去る）とあり、使者を斬っている。それは、賊と看做せば賊であって、一国と称して使者を送るなどもってのほか、交渉の余地は無いという判断に基づく。悟空にもその判断は無くは無いのだろうが、争いを収めることに役立てば、その限りではない。

147 弄巧翻成拙、作要卻爲眞

（巧《たく》むを弄して翻《かへ》つて拙きを成し、要《たはむ》るるを作《な》して卻《かへ》つて真と為る）

〝調子に乗ってうっかりへまをやらかす〟、約《つづ》めて「作要成眞」（要《たはむ》るるを作《な》して真と成る）ともいう（「要《さ》」は、あそぶ、たわむれる意。「要」とは別字）。

悟空は妖王の武器の一つである、有害な黄砂をまき散らす鈴を手に入れるが、使い方がよく分からないままいじり回し、そのために妖王の洞窟内で黄砂を放出させてしまい、さらには煙火まで発生させ、予定しない火災を起こしてしまう。得意になって、却って失敗をやらかすこととなる。

「弄巧成拙」は、すでに唐代の『龐《ほう》居士語録』に見える。宋代の仏教書『五燈會元《ごとうえげん》』にも「弄巧翻成拙」と見え、同じく宋代の詩人戴《たい》復古という人も、その詩に「明知弄巧翻成拙、除却謀歸總是虚」（明らかに巧むを弄して翻《かへ》つて拙きを成すを知れば、帰るを謀《はか》るを除却しては総《すべ》て是れ虚しからん）と詠み、処世訓としている（「除却～」は、～を除いては、～しない限り、の意。「歸」は、帰郷、帰隠）。また明の萬《ばん》民英という人は「身衰弄巧翻成拙」（身衰へて巧むを弄すれば翻つて拙きを成す）と自らを戒めている。「弄巧成拙」と約《つづ》めても好い。

事に当たっては軽挙する勿かれ、〝ものを手に入れて得意になっていると却って失敗し、冗談めいた事に使うととかく真《まこと》となる〟、〝冗談や嘘から出たまことと相成る。〟（↓192）

148 若不信、展開手

（若《も》し信ぜずんば、手を展開せよ）

〝もしも私を信じられないのなら、手を開いてみて下さい（その掌《てのひら》の上に跳び降りてご覧に入れます、信頼できる証拠を手に取って見ることができますよ）。〟妖怪にさらわれた朱紫国王のお妃《きさき》である金聖皇后を救おうと、悟空が蝿《はえ》に化けて囚われの皇后に近づいた時の言葉。〝掌の上に（あなたを救える私という）証拠を載せてご覧に入れます〟、〝証拠を掌の上に置けば信じてもらえますね〟（「展開手」は、「展手」に同じ。「開」は、補語。なお、「展手」には手腕を発揮する意もある。「展開手」は、普通は「展開兩手」を意味するが、ここは妃は左手を開いている）。

因みに「展手」は仏教では意味があり、例えば仏教書の『景徳傳燈録《けいとくでんとうろく》』等には、「展手曰『乞我一錢』」（手を展《ひら》きて曰く「我に一銭を乞《こ》ふ」と）という一般的な言い方のほかに、「僧問『佛法至理如何』。師展手而已」（僧「仏法の至理は如何《いかん》」と問へば、師は手を展くのみ）とか、「道如展手、佛似握拳」（道は手を展くがごとく、仏は拳《こぶし》を握るに似たり）等の言い方が見えている。掌は、展《ひら》くと握るは紙一重、といった意味がある。

149 手上有蜇陽之毒（手上に蜇陽《てつやう》の毒有り）

「蜇陽」は、クラゲ、海蜇の俗称。朱紫国の金聖皇后をさらった妖王は、妃《きさき》を手に入れたまでは好かったが、彼女の腕（体中）には「蜇陽」の毒針《とげ》が生えているため、結局は手が出せない。人倫が乱れることを嫌った仙界の紫陽眞人《しんじん》が、さらわれた皇后に棕櫚《しゅろ》の衣を着せたため、身体にクラゲの毒針が生え、守られることとなる。悟空は一安心。

明代の『普濟方《ふさいほう》』という医書には、「蛇蝎・諸虫・咬蜇毒氣入腹、并心腹脹滿、……」（蛇蝎《だかつ》・諸虫・咬蜇の毒気腹に入《い》れば、并《なら》びに心腹脹満し、……）云々とあって、毒針による中毒の症状が記されている。人妻をさらって人倫に叛くようなことをすると、その毒気に中《あ》たって苦しむことになる。

〝守られている婦人は、腕にクラゲのトゲが生えている。手を出せば毒に中《あ》たるぜ。〟

150 焼茅煉薬、弄爐火 （茅《ちがや》を焼きて薬を煉り、炉火を弄《もてあそ》ぶ）

「焼茅煉薬」とだけ言っても同じ。〝薬草ならぬただの雑草を焼いて丹薬（仙薬）を造ろうとしているようでは、焼成炉を弄《もてあそ》んでいるに過ぎない〟と似而非《えせ》道士を揶揄する。

『西遊記』は表現を仏教哲学に仮託する形で書かれているので、逆に道教はまやかしと看做されることが多い（道教徒は妖怪に惑わされているという設定で描かれている）。道教では丹薬造りは大事な修行の一環ではあるが、仏教側に在る悟空としては、道教徒は妖怪に惑わされ、〝無駄なことばかりやっている連中〟と見る。

元《げん》の『悟眞篇《ごしんへん》』という丹薬の秘伝書の注釈にも、「豈待窮年卒歳、弄草焼茅之輩、可得而見之乎」（豈《あ》に年を窮め歳を卒《を》はり、草を弄び茅を焼くの輩の、得て之を見るべきを待たんや）とあり、無駄骨を折っているだけの教徒では、丹薬の神秘は手に入らない、と道教徒自身が言っている（「得而〜」という言い方は、可能の「得〜」の強調形）。「焼茅煉薬」は、〝なすべき事をなさず、無駄骨を折る〟（「仮」でしかない）ことの喩《たと》え。

151「在家不是貧、路貧貧殺人」（「家に在るは是れ貧ならず、路に貧なるは貧人《ひん》を殺す」）

古人の言葉。我が家に定住している人が通りがかりの旅人から救済を要請された場合は、自分の貧乏を理由に無体に扱ってはならない。なぜなら、旅に在って貧窮した場合は、その人は必ず死ぬことになるから。家に居られれば余《よ》ほど増しだと、悟空は見る。〝家に在る人が自らの貧乏を理由に路貧の旅人を見捨てるなら、その旅人は死んでしまう。〟

宋代の仏教書『五燈會元《ごとうえげん》』に、「家貧猶自可、路貧愁殺人」（家に貧なるは猶ほ自らを可とするも、路に貧なるは人を愁殺《しうさい》す）とあるのも、ほぼ同じ（「愁殺」は、極度の心配、不安）。同じく宋の詩人王安石も「客路貧堪病、交情遠更親」（客路貧は病《や》むに堪へんや、交情遠くして更に親しまん）と詠み、旅路での貧困に堪《た》えられるだろうか、見送る者としては日増しに親身にならざるを得ない、と知人の長旅を心配している。

152 **鶏最能降蜈蚣**（鶏《とり》は最も能《よ》く蜈蚣《むかで》を降《くだ》す）

↓193

この語句の後《あと》には、「所以能收伏也」（能《よ》く収伏する所以《ゆゑん》なり」）と続く（「收伏」は、屈服させる）。〝蜈蚣の妖怪は天鶏が退治してくれる〟、〝敵は、天敵に任せれば大丈夫〟の意。「鶏死蜈蚣」（鶏は蜈蚣を死《ころ》す）と言っても同じ。

明の王禕《い》という人の「雑説」という文章の中に、「蜈蚣與鶏不相類也。而其讐最甚。鶏見蜈蚣、必殄而噬之」（蜈蚣と鶏とは相類《るゐ》せざるなり。而して其の讐《あだ》最も甚《はなはだ》し。鶏は蜈蚣を見れば、必ず殄《つ》くさんとして之を噬《か》む）ということが書かれている。鶏は蜈蚣の天敵であるから、蜈蚣を見つければ鶏は必ず退治する。悟空は天敵を使って妖怪を退治することがあるが、蜈蚣の精を退治する時は、この鶏を使っている。と言っても、実際は「尋針」（針を尋《たづ》ぬ）というやり方を悟空は用いる。つまり、西方（酉《とり》の方角）の鶏ゆかりのほし昴星《すばる》が太陽の火で錬ったという縫い取り針を蜈蚣の精に射かけ、退治することになる。直接の天敵でなくとも、その天敵ゆかりのものを使っても効力は発揮してくれる。

153 「山高自有客行路、水深自有渡船人」、豈無通達之理

（「山高ければ自《おのづか》ら客行の路有り、水深ければ自ら船を渡すの人有り」、豈《あ》に通達の理無からんや）

〝「山が高ければそれなりに路も通っているし、川が深ければ自ずと渡し場もある」と諺にもあるように、どんなところにも必ず道はあり、案内人は居る〟と悟空は言う。

「山高路険、水闊波狂」（山高ければ路険《けは》しく、水闊《ひろ》ければ波狂ふ→034）や「『山高必有怪、

嶺峻卻生精』」（「山高ければ必ず怪しき有り、嶺峻《みね》しければ卻《かへ》つて精を生ず」→047）とは反対で、険しい所や恐い所でも、そうであるからこそ、必ず救いはある、という救済を信ずる言葉になっている。「窮迫之地、乃自有變轉之路」（窮迫の地なれば、乃《すなは》ち自ら変転の路有り）、「窮迫之中、乃自有廣大之路」（窮迫の中《うち》なれば、乃ち自ら広大の路有り）といった打開の発想に基づく、諦《あきら》めず見捨てない悟空がこの言葉の中には居る。

154　自驚自怪（自ら驚き自ら怪しむ）

自らに驚き、自らを怪しむとは、〝不安や恐れは、全て自分が決めつけて作り出している〟意。三蔵や八戒のような臆病な者は、自分で言ったり自分で思ったりしたことに、一々はっとしたり、怖《お》じ気を覚えたりする、と悟空は「胆小」すなわち臆病な人の心理分析をやってみせる。〝危険は確かに存在する。しかし、怖《お》じ気は自らの心の生んだ妄想に過ぎない〟（悟空は、『般若心經』の「心に罣礙《けいげ》無ければ、恐怖有る無し」を踏まえる）。

「自驚自疑」（自ら驚き自ら疑ふ）、「自驚自笑」（自ら驚き自ら笑ふ）、「自驚自致自復慰」（自ら驚きて自ら致し自ら復た慰《なぐさ》む）等ともいい、〝臆病な人が物事に驚いたり不可解に思ったり、或いは面倒を招いたり苦笑したりするのは、多くは実は、自分自身の心で決めつけてしまっている拘《こだわ》り等に起因する〟と悟空は明言する。事に当たっては真実が何処《どこ》にあるのか、先ず我が心をふり返って冷静に物事を考えるよう、促している。

155 報信必有幾分虚話（信《たより》を報《し》らすは必ず幾分かの虚話有り）

悟空は〝新着情報の中には、幾分かの噂《うわさ》や誇張が混じっている〟と言った後、続けて「誠所謂『以告者、過也。』」（誠《まこと》に謂《い》は所《ゆ》る「以て告ぐる者、過《あやま》つなり」と）と『論語』憲問《けんもん》篇の語を引用する。情報は、伝聞伝達のもたらす危うさも忘れてはならない。

「報信」は、新たな情報をもたらすこと。「虚話」は、「明是虚話、毫無憑據」（明らかに是れ虚話なり、毫《すこ》しも憑拠《ひょうきょ》する無し）や「平日所講盡成虚話、平日所見皆非實得」（平日講ずる所は尽《ことごと》く虚話を成し、平日見る所は皆《みな》実に得るに非ず）、「念佛是皆眞實、不虚話也」（念仏は是れ皆真実、虚話ならざるなり）等というように、実に反する出鱈目、全くの嘘っぱちというよりは、全てが全て真実であるとは思えない所の、根拠の無い話（情報）をいう。

報《しら》せを持って来る人は、とかく又聞き程度の所がある、〝話半分と思った方が好い。〟悟空のように日ごろ「真仮の弁」を確実にやってのけようと構えている者なら、情報処理は話半分と疑う所から始まる。

156　孫大聖幾句鋪頭話、卻就如楚歌聲（孫大聖の幾句かの鋪頭話《ほとうわ》は、卻《かへ》って就《すなは》ち楚歌の声のごとし）

約《つづ》めて「悟空の鋪頭話は、楚歌の声のごとし」と言うと分かり易い。「楚歌の声」は、四面楚歌の声、敵を取り囲んで欺《あざむ》くだましの歌声。〃悟空の脅し文句は、四面楚歌なみの威力（効力）がある。〃

「鋪頭」は、店鋪あるいは駅鋪など、人の立ち寄る店先、街頭、宿場などをいう（「鋪」は「舗」に同じ。唐の詩人王建の句に「鋪頭來索買殘書」（鋪頭来たりて索《もと》め残書を買ふ）とある所の「鋪頭」は、書肆を意味している。「殘書」は、まだ読んでいない本）。「鋪頭話」は、客引きや、あるいは虚仮《こけ》威し、たかり口調というのではなく、人前でのすごみ、迫力のある口上をいう。

悟空は口達者であり、手八丁であるばかりか口八丁で妖魔を退治する。悟空のこの口八丁は、勿論、その手八丁が真似できないのと同様、真似しようにも、仲々出来ない（が、実はそれは作者であろう呉承恩の口上であると見れば、分析可能か）。

157　妖精外有虛名、內無實事（妖精《えうせい》は外に虚名有り、内に実事無し）

「妖精」は妖怪。〝妖怪は外面の名声ばかりで、中味は無い。〟逆に言えば、虚名ばかりで実が伴わない輩は妖怪だ、ということになる。〝見かけ倒しに要注意。〟悟空は妖怪の見分け方を教えてくれている。

もとは歴史書『唐書《とうじょ》』の「有虚名而嗜利」（虚名有りて利を嗜《この》む）あたりから出た言葉ではないか。名ばかりの者が利を貪ることの実害を指摘している。それが宋代になると、儒者の邵雍《しょうよう》（諡《おくりな》は康節）という人が「名實吟《めいじつ》」という文章の中で「内無是實、外有是名、小人故矜。外無是名、内有是實、君子何失」（内に是《こ》の実無く、外に是の名有れば、小人は故《もと》より矜《ほこ》る。外に是の名無く、内に是の実有れば、君子何をか失はんや）と言ったことにより、この語は一般化され、哲学に採り入れられて行く。宋の学者の徐鉉《じょげん》が「有虚名而無實效」（虚名有つて実効無し）と言い、同じく汪應辰《おうしん》も「有虚名而無實用」（虚名有つて実用無し）と言う。そこで逆に〝実を伴い、名声が一人歩きしない者こそ君子であり、そのような君子は失敗しない〟というような概念が出来上がる。悟空はそれを「妖怪」の見分け方（真仮の弁）に適用していることになる。

因みに、詩人の白楽天（白居易）が「促織不成章、提壺但聞聲。嗟哉蟲與鳥、無實有虚名」（促織《そくしょく》は章を成さず、提壺《ていこ》は但《た》だ声を聞くのみ。あゝ虫と鳥と、実無くして虚名有り）

と「寓意詩」に詠んでいるのも、「促織」（機織《はた》りを促《うなが》すと言われるコオロギ）と「提壺」（酒壷を提げると言われるペリカン鳥）が、名ばかりでその実が無いことに喩えつつ、やはり何がしかが諷刺対象となっていよう。

158「放屁添風」（「屁を放《ひ》つて風に添ふ」）

当時の俗諺。悟空が戦うに際して、八戒があてにならない場合、せめて風上で屁を放《ひ》って風に乗せて送ってくれ、悪臭でおいらに加勢してくれよ、と役割を与える語。〃何も手伝えなくっても構わない、せめて屁を放って風上から流すくらいのことはできるだろう。〃

「放屁撒屎」（屁を放つて屎《くそ》を撒《ま》く）とか「放屁下水」（屁を放つて水《いばり》を下す）とかいう語もある（「屎」は糞。「水」は小水、尿。豚の特性、底力への要請となっている）。

なお、「放屁」は仏教ではやたらとあちこちで出鱈目《でたらめ》を言う意、とのこと。あるいは悟空、出鱈目をいう八戒の人物像をも皮肉ったか（「放屁《ファンピー》」は「放氣」ともいい、今でも対話中の言葉が不的確であったり、集会中に騒然としたりした時に、それを責めて口汚く発することがある。〃場をかき乱してくれたな（馬鹿《ファンピー》め）〃の意）。

159 **「有風方起浪、無潮水自平」**（「風有れば方《まさ》に浪を起こし、潮《しほ》無ければ水自ら平らかなり」）

〝問題を起こす輩が居るから、退治も行われる。問題が起こらなければ、誰も騒がない〟ということを波風に喩えた当時の諺。直訳すれば〝風があるから波も立つ。潮の満ち退《ひ》きがなければ波は穏やかだ〟となる（「方」は、そこではじめて、の意）。

仏教書の『五燈會元《ごとうえげん》』には「無風起浪」（風無くして浪を起こす）という語があり、何も無いのにわざわざ問題が有りそうに言うことを戒めるが、それとは異なり、妖怪たちは明らかに群なして結託し、狐や野良犬のように悪さを働く。「狐羣狗黨、結爲一夥」（狐群狗党、結びて一夥《くわ》を為す）、ゆえに悟空は退治を敢行するのだと言う（「夥」は、むれ）。

因みに「狐羣」云々は後世、「所交結者、不過狐羣狗黨」（交はり結ぶ所の者は、狐群狗党に過ぎず）というような言い方で用いられる。結託する輩《やから》はとかく怪しまれ、忌まれる。やがて問題を起こすだろうことが目に見えている。

160 **三叉骨上好支鍋**（三叉骨上は好く鍋《なべ》を支《ささ》ふ）

『西遊記』の本文では、この言葉の前に「被老魔一口吞之」（老魔に一口之《これ》を吞まる）とあり、悟空は魔王の腹の中に呑み込まれる。が、悟空、そのまま放ってはおかない。腹の中で撹乱戦法に出る。〝腹の中に入れば、こやつの鎖骨は鍋をつるすに都合好し。〟体内で自炊等ができるし、籠城して勝手ができる。当然のことながら魔王は苦しみ困りはてる。

敵の手中に落ちたとはいえ、「禁餓、再不得餓」（飢ゑに禁《た》ふるも、再び餓うるを得ず）すなわち、魔王の腹の中では煮炊きもでき、食い物に困らない、と思えば、悟空は強い。逆に魔王が降参するまで出てやらない。さらに「肚裏倒暖、又不透風」（肚《はら》の裏《うち》は倒《かへ》つて暖かく、又た風を透《とほ》さず）、環境も快適とあれば、いつまでも居坐れる。〝敵の内部に居座ったまま敵を撹乱できる。〟終《しま》いに「一則當天窗、二來當煙洞」（一は則ち天窓に当《あ》て、二より来《こ》のかたは煙洞に当つ）すなわち、如意棒で魔王の脳天に穴を開け、一つは窓、もう一つは煙突にしてやる（煮炊きの煙を外に出してやる）とまで言いはじめる。悟空、伏魔殿のような所での内部撹乱の手法はかくあるべし、と言いたげに見える。

161 忒護短、忒偏心 （忒《はなは》だ短きを護《まも》り、忒だ心を偏《かたよ》らしむ）

「忒《とく》」は程度の副詞で、「はなはだ」と訓《よ》む。この語、約《つづ》めて「護短偏心」（短きを護り心を偏《かたよ》らしむ）、あるいは「護短」（短きを護る）というと分かり易い。

『西遊記』の中では「師父也忒護短、忒偏心。……左右是捨命之材」（師父も也《ま》た忒だ短きを護り、忒だ心を偏らしむ。……左右は是れ命を捨つるの材なり）という言い方で出てくる。「師父」こと三蔵は、「短」すなわち短所だらけの八戒ばかりを護《まも》り、八戒に「心を偏《かたよ》らせ」、贔屓《ひいき》ばかりしている、と悟空は嘆く。そして、自分（悟空）のような「左右」すなわち家来は、三蔵にとっては「命を捨てさせる材」でしかない、と続ける。

「真仮の弁」を誤らず、人物を正しく見分けなければならない立場にある人が、それが出来ていないことを指摘する言葉となっている。〝ダメな人材を擁護し、贔屓《ひいき》する〟意。

162 太乙金仙、忠正之性

（太乙《たいいつ》金仙は、忠正の性なり）

『西遊記』中には「三藏肉眼凡胎、不知是計。孫大聖又是太乙金仙、忠正之性」（三蔵は肉眼凡胎にして、是の計を知らず。孫大聖も又た是れ太乙金仙にして、忠正の性なり）と見える。「忠正の性」をもつ悟空は、真っ正直であり、従って人を疑うのが苦手であるから、その分（「肉眼凡胎」の三蔵と同様）計略に引っかかり易い。〝真っ正直な人間ほど、悪巧みに引っかかり易い。〟

戦国時代の楚の忠臣屈原《くつげん》を評する言葉の中にも、「寧奄然而死、形體流亡、不忍以忠正之性爲邪淫之態也」（寧《むし》ろ奄《えん》然として死し、形体は流亡するも、忠正の性を以て邪淫の態を為すに忍びず）というのがある。「忠正」は「邪淫」にはなれないし、実は邪悪と関わるのが苦手なのである。

「太乙金仙」は、悟空を指し（「金」は悟空を象徴↓133）、『西遊記』の中では、悟空は「五百年前大鬧天宮上方太乙金仙齊天大聖、如今保護唐僧往西天拜佛求經、是普陀巖大慈大悲觀音菩薩勸善」（五百年前大いに天宮を鬧《さわ》がせたる上方太乙金仙斉天大聖、如今唐僧を保護して西天に往《ゆ》き仏を拝み経を求むるは、是れ普陀巖大慈大悲観音菩薩の善を勧むるなり）、「五百年前大鬧天宮混元一氣上方太乙金仙美猴王齊天大聖、如今歸依佛教、保唐僧往西天取經」（五百年前大いに天宮を鬧《さわ》がせたる混元一気上方太乙金仙美猴王斉天大聖、如今仏教に帰依《きえ》し、唐僧を保つて西天に往き経を取る）といった大層な呼称と口上で紹介される。

163　好手不敵雙拳、雙拳難敵四手

（好手は双拳に敵《てき》せず、双拳は四手に敵し難し）

「好手」は、使い手、手練《てだ》れ。ふつう「良工好手不能遇」（良工好手は遇ふ能《あた》はず）、「好手不復得」（好手は復《ま》たとは得ず）等といい、その時の「好手」は、画師等の職人さんを指す。ここは武闘派の人。「雙拳」は二人の使い手、「四手」は四人の使い手と思えば、分かり易い。〝多勢に無勢、上には上がある。使い手は、勝ち目のない無駄な戦いはしない。〟

明の術数の書『六壬大全《りくじんたいぜん》』に、「俗諺云『雙拳不敵四手』、何況逢兩猛虎乎」（俗諺に云《い》ふ『双拳は四手に敵せず』と、何ぞ況《いは》んや両猛虎に逢ふをや）とある。〝使い手たる者は、二人組みの使い手は敵にまわさないし、二人組みの使い手といえども、四人組みの使い手は敵にまわさない〟というのが当時の諺の教える賢明な競い方。悟空だけでなく、三蔵もこのことは口にする（が三蔵、臆病風、怖《お》じ気に起因する発言のようにも思える。悟空と三蔵の大きな違いは、『心經』に言う「心に罣礙《けいげ》無ければ、恐怖有る無し」に在る）。

164 當秋風過耳、何足罕哉（当《まさ》に秋風の耳を過《す》ぐべし、何ぞ罕《まれ》なりとするに足らんや）

八戒のような臆病な者を励ます時の言葉。〝何事も秋風だと思えば、ただただ耳元を吹き抜けるだけさ〟、どんな妨害、障害も、それを秋風だと思えば、別に大したことではない（よくあること）、ただ耳元を吹き過ぎるだけ。〝障碍を臆病で過大視するな。〟

悟空は他にも「八戒莫怕、是雛兒、不是把勢」（八戒よ怕《おそ》るる莫《な》かれ、是れ雛児なり、是れ把勢《はせい》ならず）という言い方で、八戒を励ましている（「雛兒」は、ひよっこ、素人。逆に「把勢」は「把師」、「把式」ともいい、手練《てだ》れ、工夫《カンフー》の使い手）。〝こわがるな、相手はひよっこ、使い手なんかじゃない。〟

因みに、「風過耳」（風耳を過ぐ）という言い方は、宋代の人がよく使っている。蘇軾《しょく》（東坡居士）の詞に「萬事從來風過耳」（万事は従来風の耳を過ぐるなり）とあり、劉弇《えん》（字は偉明）という人の詩にも「浮名莫羨風過耳、久客可憎塵滿衣」（浮名は羨《うらや》む莫かれ風耳《みみ》を過ぐるなり、久しく客たるは憎むべし塵《ちり》衣に満つるなり）とある（「耳《じ》」を、「而已《じい》」の合音字と見て「のみ」と訓《よ》むことはしない）。元《げん》（〜金）の李俊民という人の詩にも「往事如風過耳邊」（往事は風の耳辺《みみもと》を過ぐるがごとし）とある。〝気に留める暇も無い〟意。因みに禅語の「風過樹」（風樹を過ぐ）も執着しない喩えなので、ほぼ同意。

165 只消一滾、就爛

（只だ消《つひ》やすこと一滾《こん》のみにして、就《すなは》ち爛《にくづ》る）

「消」は、費やす。「滾」は、たぎる、湯が沸く。〝ちょいと茹でられると、すぐに煮くずれてしまう〟、か弱いさま、ダメになり易いことをいう。『西遊記』中での主語は、「師父」すなわち、お師匠様（三蔵法師）。

道書の『抱朴子《ほうぼくし》』やそのずっと後の宋の蘇東坡は、「草木之性、埋之即腐、煮之即爛、燒之即焦。不能自生、何能生人乎」（草木の性は、之を埋むれば即《すなは》ち腐り、之を煮れば即ち爛《にくづ》れ、之を焼けば即ち焦《こ》ぐ。自ら生くる能《あた》はず、何ぞ能《よ》く人を生かさんや）といっている。煮るとすぐに煮くずれるというのは、当時の概念では、湿気《しっけ》て腐ったり、火で炙《あぶ》られた程度で燃えてしまったりする薬草と同じで、生命力が弱く、傷みやすいことをいう。〝お師匠様はすぐに弱音を吐く〟と悟空は見る。（しかし、見かけはそうでも、三蔵の内面は必ずしもそうとは断言できないのではあるが……。）

166 **綑在蒸籠裏、受湯火之災**（綑《くく》られて蒸籠《せいろ》の裏《うち》に在り、湯火の災《わざは》ひを受く）

〝捕らえられて、蒸し焼きにされそうになる〟、〝死ぬ思い〟、〝針のむしろ〟の意。三蔵一行の危機を表現する言葉。（「綑」は「捆」と同じで、「梱包」の「梱」の本字。）

「湯火」は、たとえば経書の注釈書の『尚書《しょうしょ》精義』に、「武王親救殷民於湯火之中」（武王親《みづか》ら殷の民を湯火の中《うち》より救ふ）と見え、また同じく『孟子傳《でん》』にも「相湯伐夏、救民取天下於湯火之中、而置之安泰之地」（相《しやう》湯夏《か》を伐《う》ち、民を救ひて天下を湯火の中《うち》より取り、而して之を安泰の地に置く）と見える等、もともとは滾《たぎ》る熱湯と、燃えさかる炎の意（人を蒸し焼きにするような悪政の喩え）。「湯火之災」は「湯火之厄」、「湯火之憂」、「矢石之患、湯火之難」（矢石《しせき》の患ひ、湯火の難）等ともいい、一般には戦争など庶民の苦しみ、衆庶の生活苦をいう。「拯民於湯火之中、而措之衽席之上」（民を湯火の中より拯《すく》ひ、而して之を衽席《じんせき》の上に措《お》く）と言えば、その庶民を救うことを意味する。悟空一行は時として（苦行の一環であろう）、その厄災のまっただ中に置かれる。

167 親是父黨、母黨（親《しん》は是れ父党なるか、母党なるか）

「父黨、母黨」という語の並びは、選択疑問を表す。〝父方？それとも母方？〟「親」は〝おや〟ではなく、親類関係をいう（親類縁者や交友関係は、「父黨母黨」のほか、「左鄰右舍」、「交契」等で表される）。天下《あま》った妖魔が天上界や神仙世界とどのように繋がっているのか、その背景にある素性をお釈迦様に質問した時の悟空の問い。〝親戚関係で言うと、やつは（あなたの）父方の妖怪ですか、それとも母方の妖怪ですか〟の意。

ここでのこの問いの要点は、先ずは主に「妖怪」の素性であることが前提にあるが、最古の字書『爾雅《じが》』には「父之黨爲宗族、母與妻之黨爲兄弟」（父の党は宗族と為し、母と妻の党は兄弟と為す）とあり、回答如何でその後の扱いや対応（関係者や退治の仕方）に差ができることが含まれている。妖怪退治の段取りや手法を決める問いになっている（因みに、お釈迦様は悟空に、妖精の「孔雀」や「大鵬」の母は「鳳凰」だと教える。母方）。退治の相手も、味方と親類縁者の関係にあったりすると、厄介が予想される。

168　沖寒冒冷、宿雨餐風（寒きを沖《つ》き冷たきを冒し、雨を宿とし風を餐《く》らふ）↓043、083

悟空たち出家人の修行の旅をいう。「沖」は「衝」と同じで、立ち向かう、衝突する、ぶち当たる意。〝行脚《あんぎゃ》僧は、寒冷に堪え、風雨を衝《つ》いて旅して行くものである。〟（「餐風」云々の言い方は枚挙に遑《いとま》がないが、仙人のように風を食べる生活を意味する場合もある。）

「衝寒冒暑」（寒きを衝き暑きを冒《をか》す）、「傷寒冒風」（寒きを傷《いた》み風を冒す）、「處濕當風」（湿《しめ》るに処《を》り風に当たる）、「暴風露日」（風に暴《さら》され日に露《さら》さる）等、みな雲水《うんすい》（出家人、行脚僧）の旅（あるいは人生、在り方、修行）をいう。

169　不知正道、徒以採藥爲眞（正道を知らず、徒《いたづら》に薬を採るを以て真と為す）

〝正道が何かが分からないと、不老不死の薬草を採ることこそそれだと思い込むようになる。〟仏教による道教批判を反映する語。悟空は、自分自身の体験を踏まえ、不老長生の薬草（仙薬）だけを入手することに専念する者を、正道を踏み外していると見る。

「採～爲…」（＝「采～爲…」）は本来、その人が生業（正業）を営むことを喩える言い方。経書には「大夫以『采蘋』爲節、士以『采蘩』爲節」（大夫《たいふ》は「蘋《ひん》を采《と》る」を以て節《せつ》と為し、士は「蘩《はん》を采る」を以て節と為す）等とある（「蘋」「蘩」ともに浮き草。それを「采《と》る」とは、経書である『詩經《しきょう》』の詩の題名に基づくもので、大夫や士の夫人が婦徳を守ることを正道とし、その証しの仕来《しきた》りとして浮き草を祖廟に供え祖先を祭ることをいう。もしも婦徳を忘れ、浮き草だけを採ることに専念するようなことがあれば、本末転倒）。

道家には「以採藥爲業」（薬を採るを以て業と為す）という者は多いが、「以採藥爲眞」は余程であって、あまり見かけない。生業とはいえ、それだけが道そのもの或いは道を得る真実だと思い込みのめり込んでしまった場合、妄想（或いは過程や方法論）に執らわれていることになる、〝正道とは何か、しっかり見よ〟と悟空は言う。

170　若要好、大做小（若《も》し好《よ》きを要《もと》めば、大をば小と做《な》せ）

『西遊記』中では、この言葉の後に「若要全命、師作徒、徒作師、方可保全」（若し命を全うするを要めば、師は徒と作《な》り、徒は師と作つて、方《はじ》めて保全すべし）と続く。それがまたこの語の意味を説明している。〝上手くやろうとするなら、大と小とを入れ替えよ〟とは、具体的には〝三蔵の命を守るためには、師弟の立場を入れ替えることが良策〟を意味する。さらに具体的にいえば、悟空が三蔵に化け、三蔵は悟空の面をつけて後ろに控えることをいう（この語は、『西遊記』の登場人物の主客論とも関係する）。

「大、小」観は、考え方が多々ある。悟空は仏教の説に基づいて言っているようにも思えるが、経書の『易經《えききょう》』の説では、「大」は君子であって安泰、「小」は小人であって本来は否運であるが、君子が背後に在れば小人が前面に出ても安泰という「大來、小來」の考え方がある。ここはそれを適用して解釈すると、〝困難を切り抜ける際、大物が前面に出て上手く行かない場合は、ためらわずに逆転させて大物が背後に控《ひか》えるようにすれば、吉と出る〟となる。大小それぞれその場の状況に応じた役割分担があるとすれば、順逆を判断し、その上で「小は以て小を成し、大は以て大を成す」のが穏当なのであろう。

171　更無一個黒心（更に一個の黒心のみ無し）

不老長生のために僧侶の心臓、特に「黒心」（黒い心臓）を食したいという比丘国王の無理難題に応じ、悟空は「ようござんす」と自らの胸を割き、心臓を幾つも取り出し、王を驚かせる（説教すること《トリックスター》になる）。

そのさい悟空は、「紅心、白心、黄心、慳貪心、利名心、嫉妬心、計較心、好勝心、望高心、侮慢心、殺害心、狠毒心、恐怖心、謹慎心、邪妄心、無名隱暗之心、種種不善之心」と様々な心臓を次々と見せた上で、〝ただ一つ、「黒心」というのだけが御座《ござ》いません〟とこの語を持ち出す。「黑心」というのは、陰湿な「種々の不善の心」のことであり、仏教書の『法苑珠林《ほうおんじゅりん》』に「如來……在家之時、都無欲想、心不染黑」（如来……在家の時、都《すべ》て欲想無く、心は黒に染まらず）とあるのを踏まえる。悟空はそれだけが無いと言う。

本来ならば、列挙した「紅心、白心、黄心」の次に「黑心」が出て来ないと行けない。しかしそれは出さず、悟空は「慳貪《けんどん》心、……殺害心、狠毒心、……邪妄心、……不善心」と続けている。これらは、見ると、実はどれも善くない心である。それが分かれば、それらこそが「黑心」の内実であると分かる。すなわち、王が望んでいるのはこれら「不善の心」の集合体だと分からせ、その不心得を悟空は暗に責め立てているのではないか。なお、併《あわ》せて「我和尚家都是一片好心」（我が和尚家《か》は都《すべ》て是れ一片の好心のみ）と悟空は最後に付け加え、念押ししている。

172　公子王孫、坐井觀天（公子王孫は、井《ゐ》に坐して天を観る）

ここの「公子王孫」は〝高貴な出のお坊っちゃま〟、すなわち作中では三蔵法師を指す。三蔵は旅で山路に差し掛かると必ず山には妖怪が居はしないかと怖《お》じ気づき、「前面高山有路無路」（前面の高山に路有りや路無しや）と問う。それに対して悟空は「『山不礙路、路自通山』」（「山は路を礙《さまた》げず、路は自ら山に通ず」）という昔の諺を引き、〝山しだいなのです。山の方で通す気があれば、通ることは出来ます〟、それなのに師父はそう思えず、いつも同じ拘《こだわ》り、同じ見方しか出来ない、まるで〝井の中の蛙〟、「何以言有路無路」（何を以てか路有りや路無しやと言ふ）と諭《さと》す。（『般若心經』にいう「罣礙《けいげ》」が有る状態。）

「坐井觀天」は、「坐井底觀天」（井の底に坐して天を観る）とも言い、「向管中窺豹」（管中に向《お》いて豹を窺ふ）、「從管中闚天」（管中より天を闚《うかが》ふ）とも同じで、管見《かんけん》であり、いつも一つの見方しか出来ず、一斑しか見えないことをいう。〝お坊っちゃま育ちは、とかく見方が狭い。拘りを捨て、広く見るように心がけないと、ものごとは見えて来ない。〟

173 「欲求生富貴、須下死工夫」

（「生きて富貴なるを求めんと欲すれば、須《すべか》らく死の工夫を下《くだ》すべし」）

長旅を続けるにつれ、「常以思郷爲念」（常に郷《さと》を思ふを以つて念《おも》ひと為《な》す）という里心にとらわれるようになってしまった三蔵に対し、悟空は、一念が薄れて弱音を吐くような出家人はいない、昔の人も〝生きながらえての富貴を求めるのならば、死ぬほどの勉強努力が必要だ〟と言っている、とこの語を引いて諭す。

「死工夫」は、朱子が『語類』で（読書に関してであるが）「須下死工夫、直要見得道理」（須く死の工夫を下し、直ちに道理を見得るを要《もと》むべし）と言っている。古人の言葉であり、明人《みんひと》は「所謂『死工夫』者、只是理會一箇心」（謂《い》は所《ゆ》る「死の工夫」とは、ただ是れ一箇の心を理会《りくゎい》するのみ）という意味でよく口にしている。〝思い通りになりたければ、心に余計な雑念を懐くことなく、専心専念し、一つすべき事をするまで。〟

174　雲遊海角、放蕩天涯

（雲のごと海の角《すみ》に遊び、天の涯《はて》に放蕩たり）

悟空が世界の果てまで見て回ったこと、見聞の広いさまをいう（「海角に雲遊し、天涯に放蕩たり」とも）。悟空の常套句で、〝勉強家は海洋の角々まで行き、天の涯まで見て回る〟の意（神話学では、「海角に遊ぶ」は悟空再生のイニシエーションであるとする）。

他にも、「我明日就辭汝等下山、雲遊海角、遠涉天涯」（我《われ》明日すなはち汝らを辞して山を下り、雲のごと海の角に遊び、遠く天の涯に渉《わた》らん）とか、「若我老孫、方五百年前大鬧天宮之時、雲遊海角、放蕩天涯。聚羣精、自稱齊天大聖、降龍伏虎」（我が老孫のごとき、まさに五百年前大いに天宮を鬧《さわ》がせし時、雲のごと海の角に遊び、天の涯に放蕩たり。群精を聚《あつ》めて、自ら斉天大聖と称し、龍を降《くだ》し虎を伏せり）、「雲遊海角、浪蕩天涯。常得衣鉢隨身、毎煉心神在舍。因此虔誠、得逢仙侶」（雲のごと海の角に遊び、天の涯に浪蕩たり。常に衣鉢《えはつ》の身に随ふを得、毎《つね》に心神の舎に在るを煉る。此の虔誠《けんせい》なるに因り、仙侶に逢ふを得たり）等、この悟空の見聞の広さへの自負は『西遊記』の随所に見られる。

175 時來逢好友、運去遇佳人（時来たれば好き友に逢ひ、運去れば佳人に遇ふ）

唐の詩人羅隠《らいん》の句に「時來天地皆同力、運去英雄不自由」（時来たれば天地も皆力を同《とも》にし、運去れば英雄も自由ならず）とあるのは、いわば普通の言い方であるが、〝運が良けりゃ好い友と出逢うが、運が悪けりゃ美女と出遇う〟という、ここの「時來……、運去……」の言い方は、僧侶の悟空ならではの機知が働いている。

出家人は好機が到来すると好い友と出逢って助けてもらえるが、不運が訪れると女難に見まわれて心惑わされ、失敗する。心ここに在らずとなれば、出家人としての命運は狂う。

宋の劉克荘《こくそう》（後村先生）は「猛朴時來宰相、關張運去英雄」（猛朴は時来たりて宰相たり、関張は運去りて英雄たり）と詠み、晋の王猛と唐の朱朴だろうか、彼らはそのとき運好く宰相になっているが、三国志の関羽と張飛であろう、彼らは運悪《あ》しく後の祭りの英雄だ、と言う。時の運が味方してくれないと、英雄や佳人であることが皮肉にもあだとなる。

176 不曾見王法條律（曽《かつ》て王法の条律を見ず）

悟空が三蔵の資質を言い当てた言葉。「雖是自幼爲僧、卻只會看經念佛、不曾見王法條律」（是れ幼きより僧と為《な》ると雖も、却《かへ》つて只だ会《まさ》に経を看て仏を念ずべきのみにして、曽《かつ》て王法の条律を見ず）、すなわち三蔵はお経を読み念仏を誦《とな》えるのみで、俗世の掟《おきて》など目に入らない（世事にはからきし疎《うと》く、世間知らず、或いは超俗）〃を意味する。

「王法《おうぼう》」は出家人の「仏法」に対して、世俗が従う所の決め事。たとえば仏教書の『五燈會元《ごとうえげん》』には、禅師と長老の禅問答を聞いていた或《あ》る刺史《しし》（牧主、州知事）が、禅師の問いに対する答を長老が留保する所作を見せた際、割って入り、「……牧主曰『信知佛法與王法一般。』師曰『見甚麼道理。』牧主曰『當斷不斷、反招其亂』」（……牧主曰く「信《まこと》に仏法と王法とは一般なるを知れり」と。師曰く「甚麼《なに》の道理を見たるか」と。牧主曰く「当に断ずべきに断ぜざれば、反つて其の乱れを招く」と）との問答を行ったことが記されている。「仏法も、我々世俗の王法と同じく、裁断を留保してしまうと乱れに繋がることがある」と言ったとのこと、刺史は、「王法」に比擬することで「仏法」の本質を捉え得ている。

「王法」は、『西遊記』の中に散見でき、悟空は猴王の時にすでに「雖不歸人王法律、……暗中有閻王老子管著」（人王の法律に帰せずと雖も、……暗中に閻王老子の管《つかさど》りたる有り）

と言い、やがて「我欺王法、即點天兵發火牌」（我王法を欺き、即ち天兵を点じて火牌を発せらる）と言って、世の掟は侮《あなど》れないと見ている（「閻羅老子、不放你在」は、唐代の『龐居士語録』に見える。「閻王老子」は、閻魔さま）。たとい男女間の決まりや下世話な掟でも、それに関心を示さない三蔵を、悟空は好さと危うさの両面ありと見る。

177　柴火銭照日算還（柴火銭《さいくわせん》は日に照らして算《かぞ》へ還《かへ》さん）

「柴火銭」は、薪代、すなわち光熱費。「照日」は、日ごと、日割り。〝光熱費はその日その日できちんと数えてお返しします。〟銭勘定にうるさい人（細かい人、きちんとしている人）の家でお世話になる際、面倒を掛けることの自責を相手に伝えるための口上。

「柴火銭」は、「柴銭」とも言う。元《げん》の詩人方回《ほうかい》は金回りの良くない我が生活を詩に詠み、「袍絮無堪換、柴銭久未還。有人來問字、賒酒酔花間」（袍絮《はうじょ》は換ふるに堪《た》ふる無く、柴銭は久しく未だ還《かへ》さず。人の来たりて字を問ふ有れば、酒を賒《おぎの》りて花間に酔ふ）と言っている。もしもこのように、質種になる服も無く、光熱費は借りっぱなし、人に字を教えても、貰える金子《きんす》は酒にかわってしまう、等と言おうものなら、端《はな》っから信用されない。

178　温柔天下去得、剛強寸歩難移（温柔なれば天下去《ゆ》き得《う》るも、剛強なれば寸歩も移し難し）

「去」は、行く、通る。悟空は八戒に〝物腰が柔らかであれば世の中は通りやすいが、強く出ると一歩も進めない〟と言い、妖怪とやり合う場合も同じだと、その骨子《こつ》を教える。

しかし、八戒にはそれが分からない。そこで悟空、さらに喩《たと》えを使って「楊木性格甚軟、……、檀木性格剛硬、……」（楊《やなぎ》の木は性格甚だ軟らかく、……、檀木は性格剛硬なり、……）と説明する。〝ヤナギは柔らかいので彫られて仏様や如来となり、人様に拝まれるが、白檀《びゃくだん》は硬いので油絞り器になったり、たがで締め付けられたりと、苦しい思いをする。〟「檀木性堅、可以爲車」（檀木は性堅く、以て車と為すべし）と言ったりもするように、白檀はもちろん役立つのではあるが、車になればなったで、地面と軋轢《あつれき》をおこし、自らを傷めることにもなる。妖怪退治も「柔よく剛を制す」でやるのが好い、と悟空は教える。

179　跌脚捶胸、放聲高叫（脚《あし》を跌《ふ》み胸を捶《う》ち、声を放ち高らかに叫ぶ）

妖怪の腹の中に入った悟空、〝体内で地団駄《じだんだ》を踏み、胸を叩き、大声で喚《わめ》き立てる。〟「捶胸跌足」（胸を捶《う》ち足を跌む）とも言い、ここは組織の内部で騒ぎ立て、組織を困らせる（あるいは反省自浄を促す）ことに喩えられると見たい（神話学では、トリックスター的な行為と見るようだ）。〝内部で胸を叩き、足を踏み鳴らす（伏魔殿では黙っていないぜ）。〟

なお「跌脚」は更に、「槌胸跌脚」（胸を槌ち脚を跌む）、「跌脚鎚胸告訴」（脚を跌み胸を鎚《う》ちて告訴す）、「跌脚埋怨」（脚を跌み怨みを埋《うづ》む）等と見え、もともと悔《くや》しがって地団駄を踏む意。「跌足」といえば、足を踏み鳴らす動作をいう。

180　多時飯熟、少時茶滾（時多きは飯熟し、時少きは茶滾《たぎ》る）

悟空のやる仕事は、「多時飯熟、少時茶滾就回」（時多きは飯熟し、時少きは茶滾《たぎ》れば就《すなは》ち回《かへ》る）と自ら言うように、〝時間が掛かったとしても飯の炊ける間ほどで済み、早ければ茶が沸く間に戻る〟すなわち、何でも手際よく〝朝飯前〟で、素速く済む意。「茶滾就回」とだけ言っても同じ。

「茶滾」は、「先用水滾、過濾淨、下茶芽、少時煎成」（先づ水を用ゐて滾らしめ、濾《こし》を過ぐして浄からしめ、茶芽を下せば、時少なくして煎じ成る）というように、「清茶」を淹《い》れる過程の手際の良い、素早い動作をいう。

因みに、宋の詩人陸游の詩に「東家飯牛月未落、西家打稲鶏初鳴。老翁高枕葛幮裏、炊飯熟時猶鼾聲」（東家牛に飯して月未だ落ちず、西家稲を打って鶏初めて鳴く。老翁高枕葛幮《かつちゅう》の裏《うち》、飯を炊きて熟する時猶ほ鼾声あり）というのがある。近隣の農家では夜明け前にすでに牛に餌をやり終え、朝食用の米の脱穀も疾《と》うに済んでいるのに、この老翁、飯が炊けてもまだ高鼾《いびき》、とあるような老翁風の悠長な生活は、悟空にはとんと似合わない。早起きの農家の人たち以上に早く、済ますことは疾《と》っくに済ませている。悟空のせっかちな一面が現れていると言えなくもないが、とにかく仕事は早い。

181「一言既出、駟馬難追」（「一言既《すで》に出づれば、駟馬《しば》も追ひ難し」）

「駟」は、四頭立ての速い馬車。『論語』顔淵《がんえん》篇の「駟不及舌」（駟も舌に及ばず）から出る当時の諺で、もともと〝失言は取り返しがつかない〟の意。周の鄧析《とうせき》作といわれる『鄧子』という本には「一言而急、駟馬不及」（一たび言ひて急《には》かなれば、駟馬も及ばず）と見えるが、その後、仏教書等にも多く引かれ、〝失言はあっという間に千里を走る〟、ゆえに君子であるなら「惟静惟黙」（ただ静かなれ、ただ黙せよ）、と戒め言い継がれて行く。ただし悟空は、この諺を些《いささ》か敷衍《ふえん》し、〝一度口に出したら、もう遅い、言ったことには責任を持て〟、つまり〝武士に二言はない〟の意として引用している。

「駟馬」の譬喩を用いず、直接「一言既出、孰敢改評」（一言既に出づれば、孰《いづれ》か敢て評を改めんや）、「一言既出、則終不改易」（一言既に出づれば、則ち終《つひ》に改易せず）といっても意味は同じ（仏教書の『五燈會元《ごとうえげん》』には「一言已出、駟馬難追」の形で見える。「既」は、もう出おわってしまっている状態。「已」は、出はじめ、もう出かかっている状態）。

182 明人不做暗事（明るき人は暗き事を做《な》さず）

衣服をちょいと拝借しようとして鼠に化けた悟空、「猴子成精」（猴子《さる》精と成る）ならまだしも、「夜耗子成精」（夜耗子《やかうし》精と成る）、すなわち〝夜出歩く鼠の化け物〟と言われてカチンと来、思わず〝（猿のように）陽の当たる処に居る者は、（鼠のように）暗がりでの仕事をすることは有りえん、決して盗むのではないのだよ〟と闇での存在を否定し、「吾乃齊天大聖、臨凡保唐僧、往西天取經」（吾は乃《すなは》ち斉天大聖なり、凡《ぼん》に臨みて唐僧を保ち、西天に往《ゆ》きて経を取るなり）と〝明るき人〟としての自らの素性と義務を明言している（「凡」は、俗世の意。「做《さく》」は、「作」の俗字）。

『易經《えききょう》』の「明夷」（明夷《やぶ》る）の卦の宋代の注釈に、「所謂『明夷』者、不特遭時之昏暗、人有蔽於物汨於情者、皆足以傷吾之明也」（謂《い》は所《ゆ》る「明夷る」とは、特《た》だ時の昏暗に遭《あ》ふのみならず、人に物に蔽《おほ》はれて情に汨《しず》む者有れば、皆《とも》に以て吾の明を傷《いた》むに足るなり）とある。悟空は、「金光」で象徴されるように、光り輝く斉天大聖として俗界に在り、三蔵を守護する役目に当たっている。自らの軽挙とはいえ、誤解されて「明るき人」であることを否定されたくない旨、この言葉できっぱりと言い切っている。

183「貨有高低三等價、客無遠近一般看」

(「貨《くゎ》に高低三等の価《あたひ》有るも、客は遠近と無く一般に看る」)

当時の諺(「常言」)。「貨」は、品物、売り物。ここでは宿屋の宿泊代のこと。〝旅人を泊める宿代として、高価、並み、低価格の三段階が用意されていたとしても、それは部屋の大きさや設備による差異であって、遠来の客であるのか近来であるのか、その親疎によって等差を設けることは決して無い〟の意。その宿が支払いの要求だけなのか、それとも客を見るのか、悟空は宿泊するに当たり、この常言を用いて、宿の主人に探りを入れている。〝好い宿は、宿泊代を三段階に設定してあっても、客あしらいは遠来近来の分け隔てはしない(部屋の別や宿代設定の説明がきちんとでき、吹っ掛ける等は無い)〟。

約《つづ》めて「客無遠近」と言っても好さそう(「無遠近」は「無遠無近」(遠くと無く近くと無く)に同じ。「無遠無近、無有邊際」(遠くと無く近くと無く、辺際有る無し)と言えば、遠くといい近くといいともに境界が無い意)。公平性への念押しになっている。

「見王政之行、無遠近一也」(王政の行はるるを見るや、遠近と無く一なり)と言ったりもするが、「無遠近一切」、「無遠近一望」等の理念に基づく悟空の捉《とら》え方であろう(意味としては、「遠近一也」、「遠近一概」、「遠近一貫」、「遠近一色」等といっても同じ)。

184 靈山只在汝心頭(霊山《りゃうぜん》は只だ汝が心頭に在るのみ)

悟空は、山にさしかかるたびに不吉を感じるという怖《お》じ気に脅《おびや》かされ続ける三蔵に対し、以前に浮屠《ふと》山を通った時に烏巣禅師からもらい受けた『多心經』(『般若心經《はんにゃしんぎょう》』)の偈《げ》に在るという文句を引き、〝仏の居る霊鷲山《りゃうじゅせん》は、汝《あなた》の心の中にこそ在る〟、お師匠様の心の中で修行さえ成っていれば、万事見通せます、と言ってその場の不安を取り除こうとする。

そして更に悟空は、「心淨則孤明獨照、心存則萬境皆清」(心浄《きよ》ければ孤明独《ひと》り照らし、心存《そん》すれば万境皆清し)、「但要一片志誠、雷音只在眼下」(但《た》だ一片の志誠をのみ要《もと》むれば、雷音《らいおん》は只だ眼下に在らん)と続ける(「雷音」は、釈迦如来の居る霊鷲山雷音寺)。

「窮境圓覺、皆在汝心」(窮境の円覚《さとり》は、皆汝が心に在り)ということであろう。〝心さえ空《くう》であれば(「罣礙《けいげ》」が無ければ)、目的地はもう眼下に見えています。〟(↓063)

185 四時皆有風（四時皆《みな》風有り）

旅の途中で不自然な風が吹き、妖怪ではないかとまた三蔵が怖《お》じ気づくので、悟空は風には「天下四時之氣」（天下四時の気）というものが有り、「春有和風、夏有薫風、秋有金風、冬有朔風。四時皆有風」（春は和風有り、夏は薫風《くんぷう》有り、秋は金風有り、冬は朔風有り。四時皆風有り）、〝季節ごとに風はつきもの、どんな風も心配ない〟と不安を取り除こうとする（「風」を知り、風を読むよう、通常か異常かを見極めるよう要請している）。

「四時皆有～」という言い方は、「四時皆有常」（四時皆常有り）、「四時皆有節」（四時皆節有り）、「四時皆有月」（四時皆月有り）、「四時皆有癘疾」（四時皆癘疾《れいしつ》有り）等、いつもそうなのだから、まあそんなものだと一般化し、多くは人心を落ち着かせる時に用いられる言い方（「癘疾」は、流行病）。普段《ふだん》通りであり、順調（通常通り）である場合をいう。

しかし、順調な秋風を快く感じる悟空も、「自古來、風從地起、雲自山出。……」（古《いにしへ》より来《こ》のかた、風は地より起こり、雲は山より出づ。……）と言い、それとは異なる吹き方をする風のあることを疑い始める。

186 我有勇無謀（我に勇《ゆう》有りて謀《はか》る無し）

悟空は自分で自分の性急さ（本性）をも承知している。時には迷い無く、ひたすら勇んで事に当たり、〝死を畏《おそ》れず無謀にふるまうこともある〟と自己分析する。

儒学の書『孟子』公孫丑《こうそんちゅう》篇の「視不勝、猶勝也」（勝たざるを視ること、猶《な》ほ勝つがごときなり）は、その明代の注釈に「是不畏死而已。皆有勇無謀之士」（是れ死を畏《おそ》れざるのみ。皆《みな》勇有つて謀る無きの士なり）とある。死を畏れずにひたすら突き進むという意味では、勇猛無謀も有り得る。（因みに「A猶B」の語法は、ほんらい論理的には繋がらないAとBを、理屈抜きで繋げる働き。「過ぎたるは猶ほ及ばざるがごとし」はその好例。）

よく知られるように、場面によっては、悟空の勇猛は手がつけられない（三蔵とは逆で、『般若心經』にいう「罣礙《わだかまり》」が無いので、「恐怖」が無い）。たとえば、「我老孫翻江攪海、換斗移星、踢天弄井、吐霧噴雲、擔山趕月、喚雨呼風、……何爲稀罕」（我が老孫江を翻《ひるがへ》して海を攪《みだ》し、斗《と》を換へて星を移し、天を踢《け》りて井を弄《ちち》び、霧を吐きて雲を噴き、山を担ひて月を趕《お》ひ、雨を喚びて風を呼び、……何《な》為《ん》すれぞ稀罕《ま》れならんや）と生半可でない。〝このような勇猛無謀、どうして稀れであろうか、いやいや（『西遊記』の中では、ご存じ）、ままある。〟勿論、妖怪退治の最終手段となっている（↓084）。

187　若説千金爲謝、半點甘雨全無
（若《も》し千金もて謝《しゃ》すと為すと説かば、半点の甘雨《かんう》すら全く無からん）

〝たとい金を積んで頼んだところで、恵みの雨は一滴も降らない〟とは、金の問題ではなく、気持ちを求める時の悟空の口上。旱続《ひでり》きの土地で恵みの雨が欲しいと天に雨乞いをするような時は、金を幾ら出しても雨は降らず、「但論積功累徳」（但だ功を積み徳を累《かさ》ぬるを論ずるのみ）、すなわち徳を積むしかない、と悟空は言う。金ではなく、行《おこ》ない。

「千金爲謝」（千金もて謝すと為す）は、中国の戦国時代、趙の平原君が節操の人として知られる魯仲連《ろちゅうれん》を召し抱えようとして、「以千金爲壽」（千金を以て寿と為す）、すなわち金千両を積んでお迎えの祝儀としたいと申し出た際、魯仲連が笑って「即有取者、是商賈之士。連不爲也」（即ち取る有る者は、是れ商賈《しょうこ》の士なり。連は為さざるなり）と断ったという話で知られる。悟空も〝おいらは今回は商人のやり方ではやらない〟と言う。

188　但只以情相處、足爲愛也（但《た》だ只《た》だ情を以て相処《を》るのみなれば、愛すと為すに足るなり）

「以情相處」だけでも、言わんとすることは分かる。弟子にしてもらえれば、散財も厭《いと》わないと言った者に対し、そんなものは不要、気持ちさえあれば十分だ、と悟空は言う。〝気持ちさえあれば、愛《まな》弟子にだってなることはできる。〟

一方で悟空は「畫虎不成、反類狗」（「虎を画きて成らざれば、反つて狗《いぬ》に類す」）という古人の諺を引き、能力の無いものは、弟子になっても上手く行かない、とたしなめる。

「情」というものを、経書の『易經《えききょう》』では「以情相感則利生、以僞相感則害生」（情を以て相感ずれば則ち利生じ、僞《いつは》るを以て相感ずれば則ち害生ず）と言い、「有以情相感者、徳義交孚、兩受其利。有以僞相感者、私邪相從、兩歸于害。利害以情僞遷也」（情を以て相感ずる者有れば、徳義交《こも》ごも孚《まこと》にして、兩《ふた》つながら其の利を受く。僞るを以て相感ずる者有れば、私邪相從ひ、兩《ふた》つながら害に帰す。利と害は情と僞を以て遷《うつ》るなり）と解釈している。ものごとは多くは気持ち（「情」）しだいとは言え、本物でないと行けない。仮りそめであったり、邪念があったりすると、師に受け入れてもらっても、却ってあだとなる。（師弟関係の問題は、最終的には悟空と三蔵とのそれに帰する。）

189 出家人、得一歩、就進一歩（出家人は、一歩を得《う》れば、就《すなは》ち一歩を進む）

〝一歩を進めることが出来るなら、すぐにその一歩を進めたくなるのが出家人というものだ〟、〝出家人は、一歩進められるなら、すぐに一歩進むべし。〟悟空は〝一つ上手《うま》く行きそうなら、それはすぐにやる〟と言う（仏教語の「更進一歩」を踏まえる）。

朱子は「左脚進得一歩、右脚又進一歩、右脚進得一歩、左脚又進。接續不已、自然貫通」（左脚一歩を進め得《う》れば、右脚も又た一歩を進め、右脚一歩を進め得れば、左脚も又た進む。接続して已《や》まざれば、自然と貫通す）と言い、一歩に一歩を接《つ》ぐことでものごとを窮《きわ》めて行くことが出来る、その姿勢が大切、進歩とはそのようなものだと説く。

「得歩進歩」（歩を得て歩を進む）、「得寸進尺」（寸を得て尺を進む）、「得寸思尺」（寸を得て尺を思ふ）、「得一望二」（一を得て二を望む）等と同様、貪欲であることをもいう。

例えば「得隴望蜀」（隴《ろう》を得て蜀を望む）と言えば、次から次に領土が欲しくなること。お経の『圓覺經《えんがくきょう》』は「今日進得一歩、明日又求進一歩、恐是顚隮之兆」（今日一歩を進め得て、明日又た一歩を進むるを求むるは、恐らくは是れ顚隮《てんせい》の兆《きざ》しならん）といって、貪欲になり過ぎると「顚隮」すなわち転落頓挫があると戒める。が、向学、意欲的であって強欲ではない悟空であれば、このスローガン、顚倒は心配無い。

190 相面之士、當我孫子（相面の士は、我が孫子《まごこ》に当たる）

「火眼金睛、但見面、就認得眞假善悪、富貴貧窮。卻好施爲、辨明邪正」（火眼金睛《きんせい》は、

但だ面を見るのみにして、就《すなは》ち真仮善悪、富貴貧窮を認め得たり。卻《かへ》つて好く施為《しゐ》すれば、邪正をも弁明す）すなわち、我が赤目は何時《いつ》だって真仮、善悪、富貴、貧窮くらい見分けられるし、その気になれば正邪だって見抜けると悟空が言ったのに対し、八戒と悟浄が、兄貴は「相面」（「面を相《み》る」、人相見、人相学）を学んだことがあるのかと訊《き》くので、悟空は〝人相を見るだけなら、我が孫子《まごこ》にだってできる〟、〝人相見の程度で好いなら、誰にだってできる、朝飯前だ〟と切り返している。〝人相だけでなく、心底深く見抜け。〟

悟空は「老孫一覷、就知眞假」（老孫の一覷《しょ》は、就《すなは》ち真仮を知る）とも言っていて、その「火眼金睛」は、最終的には人の面相から人物や物事の「眞假」までも覷《み》ぬく。それは『西遊記』の一つのテーマであり、孫や子ほどのふつうの人相見にできる事ではない。

191　身居錦繍心無愛、足歩瓊瑤意不迷

（身は錦繍《きんしう》に居《を》るも心は愛する無く、足は瓊瑤《けいえう》を歩むも意は迷はず）

悟空は三蔵の心の様を〝貴人の扱いを受けても、心に欲が生じない〟と言って感心する。〝貴人の扱いを受けても、真の出家人であればそれに執着することは無い。〟

「錦繍・瓊瑤」は、錦と宝玉。「予以錦綺瓊瑤之品、祗受」（予《あた》ふるに錦綺瓊瑤の品を以て

すれば、祗《た》だ受くるのみ）といわれるように、断《ことわ》るには惜しい豪華な賜り物を意味する。〟三蔵は、我が身を豪華な錦の中に置かれても、それに愛着を示すことは無く、豪華な玉敷きの上を歩いても、それに心を奪われることはない〟、無欲である（見た目の豪華さに眼を奪われない、悟りを得られる素質を備えている）。

詩句にも「燦然錦繍之詞、恍若瓊瑤之覝」（燦然たり錦繍の詞《ことば》、恍若たり瓊瑶の覝《たまもの》）等と対《つい》で詠まれるように、「錦繍・瓊瑶」は輝かしくうっとりするものを喩《たと》えたり形容したりする。眼を奪い心を奪うこの上ない豪華さがある分、欲望の対象にもなり易い。

192　弄假成眞（仮りを弄《ろう》して真を成す）

妖怪が偽《にせ》の公主（国のお姫様）に成りすましているのを見て取った悟空、〝偽物であることを隠し通して、本物になりすますとはけしからん〟と迫り、化けの皮を剥ごうとする。併《あわ》せて「假合眞形、欲破我聖僧師父之元陽」（仮《か》りに合《あつ》まりて真に形《かた》どり、我が聖僧師父の元陽を破らんと欲する）と妖怪のたくらみを見抜き、三蔵の生気を奪われまいと、「今逢大聖認妖氛、救援活命分虛實」（今大聖の妖氛を認め、救援して命を活かし虚と実とを分《わ》くるに逢へり）と言って対抗手段に出る。（「假合」は、仏教語の「四大假合」や「假合虛親」、蘇東坡の「假合亂天眞」のそれ。「虚実を分く」は「真仮の弁」と通じ、『西遊記』のテーマの一つ。）〝偽物の集合体であることをあばいてやる。〟

この語は、宋の哲学者邵雍《しょうよう》の詩句には「弄假像眞終是假」（仮りを弄して真に像《かたど》るも終《つひ》に是れ仮りなり）と見える。また、明の帰有光《きゆうこう》は「安假息眞」（仮りに安《やす》んじて真を息《や》む）と言っているが、仏教書の『景徳傳燈録《けいとくでんとうろく》』には、「悟假迷眞」（仮りを悟つて真に迷ふ）ともある。〝冗談《うそ》から出た真《まこと》〟の意のようでもあるが、ここの「眞」はあくまでも「假」から出ているものであって、実の「眞」とは言えないようにも見える（↓147）。

193 蜈蚣惟鶏可以降伏（蜈蚣《むかで》は惟《た》だ鶏のみ以て降伏すべし）↓152

百脚山という名の山には、その名の通り、百足（ムカデ、蜈蚣）の妖怪が棲《す》む。『西遊記』の本文に「蜈蚣成精、黑夜傷人。往來行旅、甚爲不便」（蜈蚣《むかで》精と成れば、黒夜人《ひと》を傷つく。往来行旅、甚《はなは》だ不便と為す）とあるように、百足の妖怪は夜な夜な旅人を苦しめるので、悟空は退治しようとする。その手段が〝やっかいな妖怪も、天敵を見つけてやれば退治できる〟である。「我思蜈蚣惟鶏可以降伏。可選絶大雄鶏千隻、撒放山中、除此毒蟲」（我は思ふ蜈蚣は惟だ鶏のみ以て降伏すべしと。絶大なる雄鶏千隻《せき》を選び、山中に撒放すれば、此の毒虫を除くべし)。〝山中の毒虫は、山中に天敵を一千ほど放ってやれば、いなくなる。〟

194 只在九霄空裏（只だ九霄《きゅうせう》の空裏に在るのみ）

未踏の地で、「ここはどこなんだ、悟空なら来たことがあるだろう」と問われた悟空、「只在九霄空裏。駕雲而來、駕雲而去、何曾落在此地」（只だ九霄の空裏に在るのみ。雲に駕《が》して来たり、雲に駕して去れば、何ぞ曽《かつ》て落《お》りて此の地に在らんや）、すなわち〝觔斗雲に乗って空を行ったり来たりしているだけのおいらには、まだ降り立ったことのない土地もあるんです〟と答えている。悟空という存在を問う言葉にもなっている。

経書『孟子』の注釈には「如在九霄而不知民心、皆離」（九霄に在りて民心を知らざるがごとき、皆離《はな》る）とある。悟空の言葉はこれを踏まえていて、〝その件は、高みに居て、気にも懸けず、素通りしておりました〟の意を含む。「九霄空裏」は「九霄雲裏」ともいい、現実から乖離《かいり》している状態、現実（や民意）を見ていない状態をいう。

『西遊記』では他に、「只是雲來雲去、實不曾踏著此地」（是れ雲来雲去すれば、実に曽《かつ》て此の地を踏着《ふ》まず）という言い方もしている。「雲來雲去」という語にも、見聞の広い者であっても見落としは有る、の意が含まれる。〝現地現場に行ってみないことには分からない。〟

195　雛兒強盜、把勢強盜（雛児《すうじ》強盗と、把勢《はせい》強盗）

「雛兒」は、ひよこ、素人。「把勢」は、型や形式、やり方を知っていること、すなわち玄人《くろうと》。〝強盗にも、素人と玄人がある。〟対処には、見分けが必要である。

明の唐順之《じゅんし》の書『武編』には、拳法について、「變無定勢、而實不失勢、故謂之把勢」（変じて定勢無きも、実に勢ひを失はず、故に之を把勢と謂ふ）というようなことが書いてある。拳法には定まった型の修得から得られる力の勢いというものがあるが、その基本的型から逸脱しても勢いを失わない場合、「把勢」というのだ、とのこと。

「把」は、為すべき事を把握でき、制御《せいぎょ》できていることをいう。他人の物を定石どおりに強奪する輩はそれと見分け易いが、「把勢強盜」ともなると、やり方の手が込んで来る、出遭ってしまうと厄介だ、と悟空は警戒する。

196　有贓是實、折辨何爲（贓《ざう》するの是れ実なる有らば、折弁《せつべん》するも何をか為さんや）

「贓」は、盗んだ品物（↓083）。「折辨」は、弁解、抗弁。〝盗んだとされる品物が、証拠だといって実際に目の前に突きつけられているんだ、弁解したってどうにもならない。〟

自分が盗んでもいないのに、盗んだと濡れ衣を着せられた悟空、ひとまずはこう言って落ち着き払ってみせる。しかる後、冤罪になることを回避する手段に出る。

漢代の書『鹽鐵論《えんてつろん》』には「古者、傷人有創者刑、盗有贓者罰、殺人者死」（古《いにしへ》は、人を傷つけて創《きず》有らしむる者は刑、盗みて贓する有る者は罰、人を殺す者は死す）とあり、「贓（＝贓）」は、辞書に「盗所取物、盗財也」（取る所の物を盗む、財を盗むなり）とあるので、手もとに有る物が盗みの物証とされた場合、当然それ相応の刑罰が下される。

証拠主義を採る悟空は、物的証拠を疎かにしない。ここでは逆に、自分の正当な持ち物を洗いざらい見せることで自分の素性と潔白を証明し、冤罪を免れている。


197「好處安身、苦處用錢」（「好き処は身を安んじ、苦しき処は銭を用ふ」）


当時の諺（「常言」）。〝好い場所というのは落ち着ける所であるが、好くない場所というのは、落ち着くための銭が要る。〟通常であれば人は好い場所を確保し、「一日三餐、遂心滿意、良宵一宿、好處安身」（一日に三たび餐《く》らひ、心を遂げ意を満たし、良宵に一宿し、好《よ》き処に身を安んず）である。しかし、居づらい場所（具体的には牢獄のような所）というのは、逆に金で何とか快適さを確保せざるを得ない。

苦痛を覚える生活環境（ここでは牢獄）に陥《おちい》った際、悟空は三蔵に「錦襴袈裟、價値千金」（錦襴《きんらん》の袈裟は、価値千金なり）と言って金目の物を出してもらい、獄吏獄卒に（賄《まいない》として）渡してもらえないかと頼んでいる。

一般に、修行を積んだ出家人は本来「隨處安身」（随処に身を安んず）を心がけないと行けない。それが、富商でも戸惑うという「諸處用錢」（諸処に銭を用ふ）という状況に遭遇してしまった場合にどうするか。悟空は〝地獄の沙汰も金しだい〟を方便に採用する。

198 「望山走倒馬」（「山を望みて走れば馬を倒《たふ》す」）
お釈迦様のいる霊鷲山《りょうじゅせん》が見えてきて、雷音寺《らいおん》は近いと心焦《あせ》る三蔵を、悟空は当時のこの諺（「常言」）を引いてたしなめる。〝山が見えたからといって慌てて馬を進めると、事を仕損じますよ。〟山の頂上というのは、行けども仲々たどり着けないもの、見えている以上に遠く、馬の疲弊は並みではないという。〝仕上げは心し、一息ついてから掛からないと失敗する。〟（「倒馬」は、仕損なう、つぶれる、失敗する意。）

『西遊記』では、サソリの毒を「倒馬毒」と言うが、中国には、「倒馬関」や「倒馬坡」といった地名も残っている。たとえば「倒馬関」であれば、中国の河川について書かれた古い地理書『水經注《すいけいちゅう》』に、「關山險隘、最爲深峭、勢均詩人高岡之病良馬、傅險之困行軒、故闘受其名焉」（関山は険隘にして、最も深峭、勢ひ詩人の高岡の良馬を病み、傅険《ふけん》の行軒を困《くる》しむるに均《ひと》しく、故に関は其の名を受く）とある。この関のある山は兵馬団練使の将軍でさえ馬を顛倒させた所としても知られ、経書の『詩經《しきょう》』に詠まれる難所「高岡」のように黒い馬も行き病んで黄色くなるほどの所とのこと。上り坂である上に、途中には岩石や谷や渓流もあり、決して平らかではない。〝高みを目指す場合の詰めは、とりわけじっくりが肝心。〟（「走倒馬」は、馬を後ろ向きに歩かせる意、との説もある。因みに、『水経注』に見える「傅険」は、未詳。あるいは『楚辞』にも詠まれる「傅巖」に同じか。）

199 正是路、正是路（正《まさ》に是れ路、正に是れ路なり）

お釈迦様のいる霊鷲山《りょうじゅせん》にたどり着くための最後の難関「凌雲渡《りょううんと》」に差し掛かった三蔵一行、大河に架かる一本の細い丸木橋を前に、こんなおっかない所を渡るのかと例の怖《お》じ気が起こる。そこで悟空、〝これこそ我らが行くべき路です、間違いありません〟、通られます、疑念（や拘《こだわ》り、わだかまり）は捨てよと師匠たちをたしなめることとなる。

この「路」を行くことは、悟りを開くためにお釈迦様が設けた最後の試練の場であり、悟空はこの後に続けて「必須從此橋上走過、方可成佛」（必ず須《すべか》らく此の橋上より走き過《ゆ》ぐべくして、方《はじ》めて成仏すべし）と付け加えている（「成仏」は、悟る）。

「路」は、仏教では「路頭」ともいい、悟りの門に入るためのすじみち。仏教書の『五燈會元《ごとうえげん》』には、「若識得路頭、便是大解脱路」（若《も》し路頭を識《し》り得《え》ば、便《すなは》ち是れ大解脱《げだつ》の路なり）という。路頭に戸惑っていては、悟り（解脱）にたどり着けない。ものも見えて来ない。

200 無底卻穏（底無しは却《かへ》って穏やかなり）

「真仮」を見分ける目を持てたかどうか、それを試される最後の難関「凌雲渡」を三蔵が渡るために接引《しょういん》仏祖が出してくれた助け船は、なんと底無し（沒底船《もつてい》）。三蔵はここでもそれが本物だとは見分けられず、怖じ気づく。「船」がまともな物に見えず、「無底」に執《と》られてしまう。そこで悟空、目には危なそうに見えていても、仏祖が接引《しょういん》してくれている船、〝底無しだからこそ安全なのです〟、船底に荒波を受けないので危ないことは決して無い、本物を見分ける眼が出来ていれば平気、平気、「雖是無底卻穏、縦有風浪也不得翻」（是れ底無しと雖《いへど》も卻《かへ》つて穏やかにして、縦《たと》ひ風浪有るも也《ま》た翻《ひるがへ》るを得ず）と教え諭す。〝底無しは「恐怖《おじけ》」という拘りを捨て、底なしだからこそ安全だと見抜く眼を持て。〟

「無底船」は、仏教書の『景徳傳燈録《けいとくでんとうろく》』等に見える。「問『不住有雲山、常居無底船時、如何《いかん》。』師曰『果熟自然。』」（問ふ「雲有るの山に住まはず、常に底無しの船に居る時は、如何」と。師曰はく「果熟《きのみ》すれば自ら然《しか》り」と）、すなわち禅問答で、ある僧が、江西逍遥山の懐忠《えちゅう》という禅師に、「雲のかかる山中に住んでいますというのではなく、いつも底無し船に住んでいますといった場合、それはどういうことでしょう」と尋ねたところ、禅師は「木の実は熟すればおのずと四方に香を放ちます」と答えたとのこと。「無巴鼻」を覚《おぼ》ゆや「無孔笛」を吹くと同じく、禅宗では「無底船」は、世俗の分別を超越した境地に達することを指す。世俗のものの見方のままでは、本物はいつまでも見えて来ない、と悟空は三蔵に言う。

201　白本者、乃無字眞經（白本は、乃《すなは》ち「無字真経《むじしんきやう》」なり）

無事に雷音寺《らいおんじ》に着いた三蔵一行は、釈迦の弟子の阿難、迦葉から早速お経を渡してもらう。しかし、それには何と文字が一字も書いてない。〝ただの白紙でしかない〟、「巻巻倶是白紙」（巻々倶《とも》に是れ白紙なり）。驚いて問うと、文字が無いのは「無字真経」なのだと教えられる。それは、お釈迦様が経文を与えるに当たり、三蔵一行に文字言語の意味を考えさせようとしたものであることが分かってくる。〝お経は、文字そのものに意味は無い、白紙でも「真経」

であり、有り難いことに変わりない（教えは文字ではない）。〟禅はもとより「不立文字」であり、文字禅もあるけれども、「不立義解」なり。

宋の王邁《まい》という人の「記夢」（夢を記す）という題の詩には、「無字經可閲、無言禪可參」（字無きも経は閲《み》るべし、言無きも禅は参ずべし）という。清の学者曾国藩が、駱駝が対座して相関せず、それぞれで只管《ひたすら》無言で念じているかに見える姿を「無言禅」と言っているが、禅問答のような言筌《げんせん》が無くっても禅は間違いなくあるのと同様、「無字経」も、文字言語は無くてもそこに教えは確実にあることを告げている。

202 「十日灘頭坐、一日行九灘」（「十日灘頭《だんとう》に坐し、一日にして九灘を行く」）

「灘頭」は、岸辺、港。〝船旅というものは、港で何日も足留めを喰らったり、行けるとなれば休めない早瀬や急流を無理してでも一気に下らざるを得ないことがある〟、〝日程どおりには行かない〟という意の当時の諺（「俗語、常言」）。〝暇な時はやる事が何も無いのに、忙しい時は逆ににっちもさっちも行かない〟〝好機到来〟の意もある。

取経の旅を終え、唐へ帰る途次、三蔵一行はまた突然の足留めに遇《あ》う。八戒はこれを「正是『要快得遲』」（正《まさ》に是れ「快《はや》きを要《もと》めて遅きを得《う》」なり）、すなわち「諺に言う『急がば回れ』ってことだな」と受け止め、悟空はこの諺を引用し、「世間でも『十日灘頭……』って言うしな」と念押ししている。すんなりとは行かないのには訳のある『西遊記』の旅を象徴する語にもなっている。

元《げん》の宋无《む》という人の「水程」と題する詩に「九日灘頭不可移、九灘一日尚嫌遅。何須頻問程多少、路上行人口是碑」（九日灘頭にて移るべからざるに、九灘は一日すら尚ほ遅きを嫌ふ。何ぞ頻《しき》りに程《みちのり》は多少《いくばく》ぞやと問ふを須《もち》ゐん、路上の行人の口こそ是れ碑なり）と見える。旅というものは、足留めを喰らったり、一気に進まないと行けなかったり、何時々々《いついつ》何処は聴いても仕方ない、旅をする人のその時その場の情報こそが石碑《みちしるべ》であるとしか言いようが無い（「路上行人口似碑」は、仏教書の『五燈會元《ごとうえげん》』より出る語。「口碑載道」）。

また、明の陸深という人の「次俚語」（俚語に次《じ》す）と題する詩には、「十日灘頭坐、一日過九灘。去者得順風、來者生怨歎。……」（十日灘頭に坐し、一日にして九灘を過《す》ぐ。去る者は順風を得、来たる者は怨歎《えんたん》を生ず。……）とあり、明代ではもう「十日灘頭坐、……」という俚諺《ことわざ》がすでに出来上がっていたことが分かる。順風だったり、逆風だったり、旅程（あるいは人生）というものは、いわば常にその時の様子見や判断で決まるものであることを、悟空も分かっている。〝好機を逃すな。〟

203 蓋天地不全（蓋《けだ》し天地は全《まった》からざらん）（蓋し天地は不全《ふぜん》ならん）

三蔵一行がせっかくお釈迦様からもらい受けたお経、唐への帰り道、あろう事か川に落ちて水に濡れ、拾い集めて乾かそうとし、欠損が生じてしまう。とりわけ「仏本行経」というお経の欠損がひどい。何とか修復しようとする三蔵に対し、悟空は〝天地は不完全なんです〟と切り出す。そして更に、「『佛本行經』……乃是應不全之奥妙也。豈人力所能與耶」（「仏本行経」は……乃ち是れ応《まさ》に不全の奥妙なるべし。豈《あ》に人力の能く与《あづ》かる所ならんや）と言い、〝天地自体が不完全なのですから、お経もそれに応じて不完全となったのです。それは寧《むし》ろ、完全であった「仏本行経」が欠損という形で示してくれているように、不完全の「妙」とでも言うほかありません。人が如何《どう》とか出来ることではありません〟と結論づける。

「天地の不全」を補うのは人間、それも聡明な人物である、と宋代の学者は言っているが、我々が生きる現実はもとより多くの欠損箇処が有り、「真・仮」も混在している。我々が手にするお経はその不完全さを、それ自体の「不全」が物語るように出来ている、そのように「妙」なるものとして受け取るのがお経である、と悟空は『西遊記』（「取経」の旅）も終わりに近づいた辺《あた》りで締め括《くく》っている。

呵々

あとがき

『西遊記』を読み直してみると、悟空は腕力だけでなく、言葉でも負けていないことに改めて気づかされる。

岩波文庫翻訳者の中野美代子先生は、悟空自身の口上である所の「行者道、『我老孫一生是這口兒緊些、纔尋的着個頭兒。』」という一文を、〝孫さまはな、口だけは人に負けないんだ。だからこそ、最後には決着がつけられるというわけさ〟と訳しておられる（岩波文庫『西遊記』第五十一回）。この原文の「一生……口緊」というのはもともと、物を食べる時には口は貪るがごとくしっかり食べ、黙らないと行けない時には口は硬く噤《つぐ》んだまま頑として物を言わない、といったような、生涯口が堅固頑強であるさまを表す。悟空は手八丁ばかりか口八丁であり、臂《うで》が鋼鉄であるだけでなく、口も「緊《ひきし》」まっていることが分かる（金箍棒、觔斗雲、緊箍呪の「キン」と縁語の関係にあるかとも思う）。

『西遊記』が腕力の競い合いだけでなく、舌戦も描いていることは、言うまでもないと思う。作者（一説に呉承恩という人）は、むしろ小説家たるの面目を賭け、作中で、言葉の力による、すなわち悟空の「三寸の舌に憑《よ》る」（憑三寸舌）、いやいや「三寸不爛の舌に憑《よ》る」（憑三寸不爛之舌）、その負け知らずの舌戦を、思いのたけ闘わせていると言っても過言ではないのではないか。

悟空は作中で自らも「我が巧言花語、嘴《くち》の伶《かしこ》く舌の便なるに憑着す」（憑著我巧言花語、嘴伶舌便）と自負しているだけでなく、良きにつけ悪しきにつけ、他者からも「熱舌頭なり」と言われ、また「嘴《くち》を弄し舌を弄す」（弄嘴弄舌）とも言われたりしている。或いは「口を誇り舌を弄す」（誇口弄舌）とか、「行者口は乖《かしこ》し」（行者口乖）、「你《なんぢ》は口能《よ》く舌便《べん》なるに憑着す」（憑著你口能舌便）等とも評され、悟空の口達者に関する描写は枚挙に遑《いとま》がない。作者は明らかにその「熱舌頭」にも主張（テーマ）を託している。

その悟空口達者の中には、「真仮の弁」に関するもの以外にも、随時の絶妙な決めぜりふがある。たとえば、一見何気ない「八戒の按摩なんだよな」（八戒按摸）とか「風上にまわって屁を放《こ》いてくれよ」（放屁添風）とかは、脇役の八戒のような者にも出番はあるぜ、たとい非力に見えたって底力を発揮してくれさえすれば十分な助けになるのさ、と仲間を仮そめにしない思いが込もっている。そのような言葉と出会うと、時に繊細さを感じ、極めて悟空らしく微笑ましくも響いて来る。悟空は巧言なんだなと、つくづく感心させられてしまうことになる。

『西遊記』には、悟空のそのような巧舌がものを言う場面がずいぶんと設けられているが、それらの言葉は、わざとらしい理論武装を感じさせない点も巧みに思える。むしろ悟空が生来培ってきた信念や哲学に支えられる所の、その真っ直ぐな思いが直截《ちょくせつ》に出ていると言った方が好いのかも知れない。悟空の発言が「真仮の弁」に迫る時、的を射抜いた小気味好さが生まれているのも、そのような率直さ故なのではないか。

中島敦は、悟空の言葉に関し、沙悟浄に「其の（悟空の）面魂にも其の言葉つきにも、悟空が自己に対して抱いている信頼が、生々《いきいき》と溢れている。此の男は嘘のつけない男だ。誰に対してよりも、先ず自分に対して。此の男の中には常に火が燃えている。豊かな、激しい火が。其の火は直ぐに傍らにいる者に移る。彼の言葉を聞いている中に、自然に此方も彼の信ずる通りに信じないではいられなくなって来る。彼の側にいるだけで、此方までが何か豊かな自信に充ちて来る。」（『わが西遊記』）と言わしめている。

物事の「仮か真か」を見極めようとする大がかりなメタファー『西遊記』中のそのような嘘のつけない悟空の言葉（言動）に触れると、中島は「豊か」と言っているが、激しさの一方で、一服の清涼剤を感じることもある。或いはこれほど正直な、赤心白意な、健《け》な気な猿《ひと》がいたのかと、切なささえ感じてしまうような所もある。等々、『西遊記』中の悟空の口達者（巧舌）は、読み手のさまざまな感覚（或いは面白さ、或いは識見）を呼び覚ましてくれるように思われる。悟空の巧舌の魅力は、十分に堪能できるのではないか。

なお、本書の執筆に当たっては、先賢の神話学的な観点による悟空の存在や行動の意味づけ等を随所で参照させて頂いているほか、松枝茂夫抄訳『西遊記』（講談社）からは、『西遊記』翻訳の妙味を垣間見させて頂いていることを、ここに記しておきたい。

本書が形になるに当たっては、白帝社小原恵子氏はじめ編集会議の皆様から貴重なご意見を頂くことが出来ましたこと、最後になってしまいましたが、この場を借り、お礼申し上げます。

〔マ～モ〕

万善 056、万望 021、未入流品 013、夢 081、無遠無近 183、無去無来 144、無工 103、無言禅 201、無字真経 201、無名 071、無欲 191、明 104、明夷 182、冥界 120、冥途 120、冥府 120、迷人敗本 051、模様 085、木肝 057、沒底船 200、

〔ヤ～ヨ〕

也 093、野犬 059、夜耗子 182、薬草 169、薬方 142、猶 186、右舎 167、幽怪 051、幽勝 104、遊賞 104、勇猛 186、有来有去 144、餘外 074、要快得遅 202、養虎 113、妖精 047・056・076、妖星 110、妖氛 192、

〔ラ～ロ・ワ〕

羅刹女 123、雷音 184、落胎泉 112、理会 173、里心 173、離山 113、栗熟自脱 111、龍蛇 098、旅 151、凌雲渡 199、凌寒冒暑 168、良工 163、良宵一宿 197、両猛虎 163、両臂 078、梁柱 080、臨凡 182、輪流 018、霊鷲山 042、霊霄宝殿 018、礼貌 005、癘疾 185、伶俐 099、廉士 072、路 153、路銀 114、路頭 199、狼 059、弄仮像真 192、躴躿 139、牢獄 197、六境 092、六孔 008、六根 092、六耳獼猴 119、六處 092、六壬 085、六塵 092、六入 092、論道 005、或煎或炒 048、話語 053、和風 035・185、

著然 140、畜類 082、杻械枷鎖 091、朝三歩 121、弔胆 022、頂門 057、長幼 085、張主 108、槌胸跌脚 179、提心 022、定勢 195、定心真言 025、鉄扇公主 123、鉄釘地獄 069、鉄臂 032、跌脚鎚胸 179、跌脚埋怨 179、顛蹭 189、展手 148、天涯 174、天仙 075、天窓 160、天敵 193、話語 053、点頭 021、櫜 071、斗斛 130、徒党 065、土地 072、土地神 065、土地廟 016、土脾 057、土府 066、肚裏 160、度厄 085、蹬 102、登山 026、銅頭 032、豆肉 052、頭頂 057、盗賊 083、踏着 194、道教 150、道理 173、鬧市 140、螳螂 113、撓頭 006、徳 187、得而 150、得歩進歩 18、9 毒虫 193、豚 059、

〔ナ～ノ〕

哪吒太子 075、如意棒 011、如来掌内 020、肉醤 037、人参果 044・046、脳蓋 057、楠 054、挪移 099、挪用 099、熱風 105、寧耐 141、忍耐 141、忍寒冒暑 168、肉眼凡胎 162、脳門 025、

〔ハ～ホ〕

爬 043、把勢 164、把師 164、把式 164、馬力 046、薄氷 087、白骨精 051、白心 171、白本 201、八卦炉 032、半信疑 124、万善 056、万望 021、番 042、盤纏銀 114、比干 049、否定 132、蚍蜉 089、弼馬温 013、百関 008、百足 193、百草霜 142、瓢箪 074、平等 107、傅険 198、不象 085、不非 060、父子隔絶 058、父母 167、駙馬 131、浮名 164、輻湊 030、福造化 029、仏性 144、仏本行経 203、焚香 005、粉砕 059、并力 136、扁額 129、偏見 108、変転 153、保全 170、戊夜 137、方 102・159、方便 021、放気 158、放屁下水 158、放屁撒屎 158、袍絮 177、夢 081、藐視 013、妨民 017、忘戦 038、暴風露日 168、沒底船 200、凡夫 039、

邪淫162、邪正190、取経182、種火057、受苦025、手段099、主張108、愁殺151、習字005、終身058、緝拿083、収服152、衆力143、縦然069、宿怨058、宿仇058、宿讐058、出家人189、出乎反乎116、淳篤031、所謂075、処湿当風168、除却147、樟054、掌148、相127、情112・127、衝寒冒暑168、傷寒冒風168、商賈187、鬆箍呪025、慫慂061、敝庁080、少米無薪088、小技094、小術094、小妖116、椒料140、鱶腊140、常主077、定心真言025、城中129、上方162、成仏199、囟057、心171、心火057、心眼119、心神174、心遊目蕩014、人事018、神火032、神気115、神通099、身心055、仁人062・072、真王082、真仮善悪190、真心081、真秀001、真邪117、真情127、信口捏膿088、唇天口地050、尋針152、

〔ス・セ・ソ〕

水腎057、水中撈月079、水底撈月079、水到渠成111、水簾洞054・117、睡覚102、捶胸跌足179、随処高岡198、雛児164、寸歩121、箐034、生育101、精華001、性格178、性急186、清奇135、聖水097、西天100、斉天大聖020、正道169、成仏199、折過118、仙骨115、仙胎001・039、仙薬115・150・169、仙侶174、前縁060、前世060、扇子123、閃灼133、遷就028、洗浄脾胃100、相127、漱石枕流012、漱流枕石012、湊合030、葱倩034、草木165、窓櫺080、贓証083、贓盗083、蔵頭露尾016、臧否117、俗朴073、巽036、巽宮032、村落034、

〔タ～ト〕

拿捕033・083、拿獲033、拿獲解官033、泰山039、代謝018、戴天058、第一135、大関008、大黄142、大小170、大来小来170、脱網125、胆小154、丹田086、丹薬150、雉059、茶芽180、

誑騙126、玉帝066、斤057、金187、金撃子043、金丹115、金肺057、金風035・185、緊箍兒025、緊箍呪025、銀角074、擒拿083、
〔ク・ケ〕
劬労056、空064、空大無用057、薫風035・185、化107、仮合真形192、下界060・110、解脱199、慶075、景気101、罣礙063、形勢孤絶069、形勢孤立069、慧眼119、鶏犬073、鶏雛128、結縁044、慳090、拳148、拳法195、牽就028、玄気101、元気101、元陽192、賢愚107、見性042、言語005、言筌201、
〔コ〕
古怪135、狐群狗党159、虚仮144、箍子025、故主077、孤明184、葫蘆074、虎狼063、五岳080、五穀122、五更137、五徳103、蜈蚣193、悟仮迷真192、行069、行脚041、交契167、講経005、江湖055、剛硬178、高山063高枕180、猴子182、猴尿020、黄心171、好心171、紅心171、紅塵039、巧言令色050、巧語花言050、功名015、浩気101、孔竅086、膠漆087、広大153、咬齧149、剋獲038、梱166、
〔サ〕
耍031・147、坐湿当風168、采169、采蘋169、采蘩169、柴銭177、做027、朔風035・185、朔風疾蜡096、啐啄同時111、左右161、左鄰167、擴061、山神072、山大075、三関086、三頭六臂059、三伏122、三昧真火086、
〔シ〕
豕059、屎158、始気101、四時185、四山080、四面楚歌156、矢石166、師父022、時務026、自在054、自笑154、自然093、自致154、自搏037、慈海075、二郎神016、七難091、実157、

関連語彙索引（一部解説用の語彙をも含み、常用字、漢音、呉音または慣用音等による。数字は、通し番号）

〔ア～オ〕

猰犺 139、行脚 041・102、安仮息真 192、安身 197、已 181、以心観心 068、以心察心 068、以心伝心 068、以心度心 068、以神問神 068、惟静惟黙 181、一救 021、一菜一魚 138、一日三餐 197、一手独拍 095、一覷 190、鷸蚌 113、因縁 044、姻縁 079、印気 141、烏金丹 142、烏巣禅師 063・184、運為 101、運水搬柴 005、雲水 041、円覚 184、炎気 101、煙光 145、煙洞 160、煙波 034、閻魔 066、閻羅王 120、往事 164、屋瓦 080、恩情 079、

〔カ〕

化 107、仮 125、仮合 192、家 041、家長裏短 088、家貧 151、撾耳揉腮 006、訶訶 064、花開落 014、花果山 054・117、果子 043、火焔山 123、火眼金睛 190、火光 145、火種 057、火心 057、峨眉山 071、駕雲 194、怪風 035、怪物 081、解送 066、解脱 199、解与 066、外好裏弱 070、海蜇 149、果熟自然 200、獲解官 033、壊空 027、覚悟 124、趕 096、還 101、寛懐 104、換骨 115、閑時 005、眼耳 092、眼力 119、管見 172、管中 172、関張 175、看経念仏 176、看板 129、

〔キ〕

既 181、帰 147、箕裘 027、偽 188、魏闕 055、義士 072、吃辛 041、吉凶 109、裘 143、久住 133、九気 101、九素 101、九霄雲裏 194、九日灘頭 202、九灘一日 202、袪褪 092、虚仮 144、虚実 106・192、虚情假意 050、虚名 157、窾 008、哄 025、行 069、教唆 061、恐怖 063、鏡前霧 079、兇星 110、協力 136、誆騙 126、

鈴木敏雄（すずき としお）

1953 年生まれ
1982 年　広島大学大学院文学研究科博士課程後期（中国文学）中退
2019 年　兵庫教育大学大学院教授定年退職（同大学名誉教授）
著　書　「劉基『郁離子』全訳」（2007 年　白帝社）

悟空巧舌録

2023 年 3 月 30 日　初版発行

編著者　鈴木敏雄
発行者　佐藤和幸
発行所　株式会社 白帝社
〒171-0014 東京都豊島区池袋 2-65-1
TEL 03-3986-3271
FAX 03-3986-3272（営）／03-3986-8892（編）
E-mail : info@hakuteisha.co.jp
https://www.hakuteisha.co.jp/

カバー・表紙・扉デザイン／唐　涛
組版／株式会社三光デジプロ　印刷・製本／大倉印刷株式会社

Printed in Japan　6914　ISBN978-4-86398-554-4

定価はカバーに表示してあります。
製本には十分注意しておりますが、乱丁落丁の際はお取替えいたします。